Gerit Kopietz · Jörg Sommer

SOS Teenager!

Ein cooles Lexikon von A bis Z

Ueberreuter

Die Deutsche Bibliothek – CIP-Einheitsaufnahme

Kopietz, Gerit:
SOS – Teenager! : ein cooles Lexikon von A bis Z / Gerit Kopietz/Jörg Sommer. –
Wien : Ueberreuter, 2000
(Ueberreuter talk about)
ISBN 3-8000-1543-9

JS 0043/1

Gesetzt nach der neuen Rechtschreibung

Printed in Austria
7 6 5 4 3 2 1

Ueberreuter im Internet: www.ueberreuter.de
Die Autoren im Internet: www.kopietz-sommer.de

Inhalt

Intro

Dieses Buch sollte für dich eine Art Reiseführer sein. Ein Reiseführer durch die wohl steilste, felsigste und unwirtlichste Etappe deines Lebens. Wenn also irgendwann so zwischen 10 und 20 die Stolpersteine auf deinem Lebensweg rapide zunehmen, kannst du dir sicher sein, dass du auf dem direkten Weg in die »Pubertät« bist.

Kurz darauf wirst du dich in einem Dschungel von Gefühlsgeflechten wieder finden und unweigerlich von einer Katastrophe in die nächste stolpern.

Spätestens jetzt ist es an der Zeit, dieses Buches in die Hand zu nehmen. Hier sind sämtliche Dramen des Teenager-Alltags gesammelt und – wenn nötig – mit praktischen Survival-Tipps versehen. Schließlich gilt es, das aufregende Abenteuer Pubertät zu überleben.

Knapp, klar und präzise präsentieren wir dir auf den folgenden Seiten mehr Desaster, als du (hoffentlich) jemals erleben wirst. Mit diesem Leitfaden durch den Katastrophen-Dschungel der härtesten Zeit deines Lebens wünschen wir dir viel Spaß beim Schmökern und viel Mut und Kraft für dein bitteres Teenagerdasein. Kopf hoch – es wird nur noch besser!

Gerit Kopietz & Jörg Sommer

Das Lexikon

Ein Lexikon ist doch langweilig und einschläfernd. Stimmt! Jedenfalls fast immer.
Bei diesem Lexikon ist das natürlich ganz anders. Denn es geht hier nicht um geschichtliche Jahreszahlen, tote Dichter, technische Erfindungen oder ausgestorbene Tiere. Hier geht es um dich! Genauer gesagt um den schwersten Teil deines Lebens.
Ganz gleich, ob du erst in Kürze hineinschlitterst, mittendrin umherirrst oder schon so manche Katastrophe überlebt hast – eines ist sicher: Es erwischt auch dich! Schließlich ist das Leben als Teenager hart, eines der härtesten. Voll von Pickeln, Problemen und Katastrophen.
In diesem Lexikon haben wir die häufigsten Katastrophen aufgenommen, die den Alltag eines Teenagers belasten. Und weil wir dieses Lexikon für dich geschrieben haben, geben wir auch eine ganze Menge konkreter Tipps. Sie sollen dir dabei helfen, die kleinen und großen Dramen so unbeschadet wie möglich zu überstehen.

Abhängigkeit

Das ist schon eine verflixte Sache. Da ist man eigentlich alt genug, um sein Leben selbst in die Hand zu nehmen, würde gerne mehr Verantwortung für sich selbst übernehmen, ist aber gleichzeitig finanziell total vom Elternhaus abhängig. Und nicht umsonst heißt das alte Sprichwort: »Wer zahlt, bestimmt die Musik.« Nur wenige Eltern genießen es, dass du von ihnen abhängig bist. Die meisten können sich nur nicht schnell genug darauf einstellen, dass du kein Kind mehr bist.

Es hilft nichts: Du musst um jedes Stück Selbständigkeit kämpfen und mehr als einmal langwierige Probleme durchstehen. Am ehesten hast du Erfolg, wenn du deinen Eltern BEWEIST, dass du ein verantwortungsbewusster Mensch bist. Wenn du auf Probleme mit Trotz und Rückzug reagierst, dann halten das deine Erzeuger für typisch kindliche Verhaltensweisen und sind um so weniger bereit, dich als Erwachsenen zu behandeln.
Übrigens: Ein kleiner → **Nebenjob** hilft dir dabei, dich finanziell etwas unabhängiger zu machen. Wenn man nicht wegen jeder Kleinigkeit betteln gehen muss, ist das schon eine Menge wert.

Abtreibung

Eine Abtreibung ist der gewollte Abbruch einer → **Schwangerschaft** und in vielen Ländern gesetzlich verboten. In Deutschland, Österreich und der Schweiz ist eine Abtreibung zwar grundsätzlich möglich, es gibt jedoch völlig unterschiedliche Voraussetzungen im Hinblick auf zulässige Gründe, Fristen und einzuhaltende Prozeduren.
Wenn du eines Tages feststellst, dass du ungewollt schwanger bist, kann das ein gewaltiger Schock sein. Zunächst einmal solltest du dir ganz schnell bei einem Frauenarzt oder einer Frauenärztin Gewissheit verschaffen. Sie können dir auch Beratungsstellen empfehlen, in denen Frauen mit viel Erfahrung und Einfühlungsvermögen sitzen, die dich beraten können. Vielleicht entscheidest du dich ja nach einigen Überlegungen, das Kind zu bekommen? Oder du entscheidest dich nach reiflichem Abwägen für einen Schwangerschaftsabbruch? In jedem Fall helfen dir die Frauen in der

Beratungsstelle, denn sie wissen über die nötigen Schritte Bescheid.

Achselhaare

Achselhaare sind weder bei Männern noch bei Frauen schädlich, gefährlich oder hässlich. Allerdings ist es in manchen Kulturkreisen üblich, sich die Achselhaare zu entfernen. Manche finden sich ohne Achselhaare einfach hübscher. Wenn du deine Achselhaare entfernen möchtest, gibt es dafür mehrere Methoden. ➾ **Haarentfernung**

Aids

Die Abkürzung für **a**cquired **i**mmune **d**eficiency **s**yndrome, was so viel heißt wie erworbene Immunschwäche. Aids wird durch ein aggressives Virus, HIV genannt, übertragen. Das HIV befindet sich in Körperflüssigkeiten wie Blut und Samen. Ein Mensch, der HIV-positiv, also Träger des Virus ist, muss selbst noch keine Krankheitssymptome aufweisen. Der Zeitpunkt zwischen Ansteckung und Ausbruch der Krankheit kann Jahre dauern. Trotzdem ist eine Ansteckung möglich, sobald die Körperflüssigkeiten zweier Menschen miteinander in Kontakt kommen. Risiken bestehen beispielsweise bei ungeschütztem Geschlechtsverkehr oder gemeinsamem Benutzen einer Drogenspritze, unter Umständen sogar wenn ihr dieselbe Zahnbürste oder denselben Rasierer benützt. Auch bei ➾ **Tätowierungen** oder Ohrlochstechen in dubiosen, unsauberen Studios ist ein Ansteckungsrisiko vorhanden.

Aids ist derzeit nicht heilbar. Der Verlauf der Krankheit kann lediglich verzögert werden und sie endet fast immer tödlich.

! **Merke:** Vor Aids kann man sich schützen – wenn man IMMER auf der Hut ist!

Akne

Von Akne spricht man, wenn du Dutzende oder sogar Hunderte von üblen ➜ **Pickeln** hast, die sich aufgrund von Bakterien entzündet haben. Aknepickel darfst du nie, nie ausdrücken. Das Resultat ist nämlich die weitere Ausbreitung der Entzündung und sogar Narbenbildung. Besser ist es, deine Haut (➜ **Hautpflege**) bis zu dreimal täglich vorsichtig mit einer speziellen Lotion aus der Drogerie zu reinigen. Außerdem wäre es sehr sinnvoll, deine Ernährung umzustellen. Streiche Süßigkeiten, Zucker, Schokolade und fettes Essen wie Hamburger oder Pommes von deinem Speiseplan. Wirf alles ein, was nach Vitaminen aussieht, also Obst, Gemüse, Säfte. Wenn sich die Akne dennoch nicht in den Griff bekommen lässt, dann wird es Zeit für einen Besuch beim Hautarzt. Der verschreibt dir spezielle Cremes oder nennt dir andere, wirksame Behandlungsmethoden.

Alkohol

Alkohol ist eine der am meisten verbreiteten Drogen. Fast alle GEbrauchen sie und viele MISSbrauchen sie aber auch. Alkohol ist ein Nervengift. In geringen Mengen wirkt er anregend und fördert die gute Laune, kann angeblich sogar die

Gefahr eines Herzinfarktes senken. Schon bei geringfügig höheren Dosen kommt es jedoch zu Problemen. Bei jedem Vollrausch sterben zahlreiche Gehirnzellen ab – sie sind unwiederbringlich verloren. Regelmäßiger und starker Alkoholkonsum führt zu Abhängigkeit, Magengeschwüren und Schäden an Nieren, Leber und Blutgefäßen. Zudem macht Alkohol dick, weil er eine Menge Kalorien enthält, aber absolut null Nährwert bietet.
Deshalb: Ein Glas Bier oder Wein auf einer ➾ **Party** machen prinzipiell keine Probleme. Mehr dagegen wird gefährlich. Noch gefährlicher wird es, wenn du unter Alkoholeinfluss Auto oder Motorrad fährst oder versuchst, irgendwelche Mutproben abzulegen. – Vorsicht! Das kann tödlich enden.
Du musst auf Alkohol nicht verzichten, wenn du verantwortungsvoll damit umgehst. Trinke nie auf leeren Magen, trinke nicht durcheinander und lass die Finger von harten Sachen wie Schnäpsen, Whiskey, Wodka und Co. Und: Halte dich unter Alkoholeinfluss vom Straßenverkehr fern.

Allergien

Allergien plagen Jahr für Jahr mehr Menschen. Ob gegen Kuhmist, Kakteen oder Katzenhaare – es gibt nichts, wogegen inzwischen nicht irgendjemand allergisch ist. Viele Menschen werden bereits mit Allergien geboren oder prägen sie im frühen Kindesalter aus. Doch Allergien können auch später auftreten und besonders im Teenageralter häufen sie sich. Medizinisch gesehen hängt das mit der Umstellung der ➾ **Hormone** im Körper zusammen.
Allergien können sich unterschiedlich stark und auf unterschiedlichste Art äußern. Die Palette reicht vom leichten

Jucken bis hin zu schwerer Atemnot und Kreislaufversagen. Wenn du also plötzlich Hautrötungen und Ausschläge hast, dann muss das keine ➾ **Akne** sein. Vielleicht solltest du beim Hautarzt einen Allergietest machen lassen?

Anorexie

➾ **Magersucht**

Ausgang

Über 90 Prozent aller Eltern erwarten, dass ihre Kinder zu einer bestimmten Zeit wieder zu Hause sind. Aber höchstens 10 Prozent dieser Eltern sind autoritäre Knochen, denen es nur darum geht, ihren Willen durchzusetzen.

Wie stellst du es nun an, damit du länger ausgehen darfst? Es gibt keine »Generalklausel«, wann ein Jugendlicher zu Hause sein sollte. Lediglich bei öffentlichen Veranstaltungen und Einrichtungen setzt das Jugendschutzgesetz in seiner jeweils gültigen Form zwangsläufig Grenzen.

Suche dir Verbündete aus der Erwachsenenwelt: Opa, Oma, Tante oder die Nachbarin. Sie alle können deinen Eltern vermitteln, was für ein fürchterlich zuverlässiger junger Mensch du bist.

Natürlich wirst du nie ALLES und auf EINMAL durchsetzen können. Doch die Zeit und dein Durchhaltevermögen stehen dir hilfreich zur Seite. Entscheide zunächst, was dir am wichtigsten ist, was du unbedingt durchsetzen möchtest. Das Ziel deiner Verhandlungen solltest du nie zu hoch stecken.

Wenn du Forderungen aufstellst, biete im Gegenzug selbst

etwas an: Wenn du einmal pro Woche zwei Stunden länger fortbleiben darfst, dann könntest du umgekehrt alle zwei Wochen mal abends zu Hause den Babysitter (➾ **Babysitting**) spielen, damit deine Eltern einen ungestörten Abend zu zweit verbringen können. Dieser Versuchung kann kaum jemand widerstehen.

Achte darauf, dass du vereinbarte Zeiten immer aufs Genaueste einhältst. Ansonsten hast du nämlich zukünftig verflixt schlechte Karten.

Wenn du unterwegs merkst, dass du zu spät nach Hause kommen wirst, aus welchem Grund auch immer, dann ruf unbedingt sofort an und sag Bescheid!!! Fast alle ➾ **Eltern** reagieren dann mit Verständnis.

Aussehen

Du musst kein »Beautyholic« sein, wenn du auf dein Aussehen achtest. Es ist eine Tatsache, dass sich unsere Gesellschaft extrem stark an Äußerlichkeiten orientiert. Auf dein Äußeres zu achten bedeutet nicht, dass du jede Mode mitmachen musst und immer schön der Masse folgen sollst.

Dennoch ist es nicht nötig, allzu aufgedonnert herumzulaufen, auch wenn dir das die Werbung vorgaukelt. Stilvolles Aussehen hängt nicht von bestimmten modischen Klamotten, teuren Accessoires oder Kosmetika ab.

Klar kann es irre sein, sich mal richtig herauszuputzen, mit der Mode zu gehen – für die Disco, eine ➾ **Party** oder einfach nur so, weil du Lust dazu hast. Das ist absolut okay. Doch weitaus interessanter ist es, den eigenen, ganz persönlichen Stil zu finden und selbstbewusst zu vertreten. Und so manch einer wird deinem Beispiel folgen, wetten?

Babysitting

Es ist DER Klassiker unter den ➜ **Nebenjobs**, nicht nur für Mädchen. Meist springt dabei zwar nicht unendlich viel, dafür oft aber leicht verdientes Geld heraus. Noch dazu kannst du mit zwei oder drei Stammkunden bald schon ein hübsches Dauereinkommen haben.

Am besten kommst du an Kunden, indem du einen Zettel in den Geschäften deines Wohnviertels aushängst. Aber auch über deine Mutter kannst du Erfolg haben, denn der Mütter-Info-Dienst klappt meistens ganz hervorragend. Die Tarife für den Job sind je nach Region, Kinderzahl und Familieneinkommen sehr unterschiedlich. Der Stundenlohn schwankt zwischen 1 und 10 Euro, um die 5 ist ein weit verbreiteter Mittelwert.

Besonders lukrativ sind Abendeinsätze: Oft schlafen die Kinder dann und du kannst gemütlich einen Fernsehfilm einschieben oder ➜ **Hausaufgaben** machen – und sozusagen nebenbei Geld verdienen ...

Bart, Jungen

Der Bartwuchs ist in der Regel eine der letzten Stationen der ➜ **Pubertät**. Vielleicht ist er auch deshalb für viele Erwachsene das einzige ernst zu nehmende Signal, um einen Jungen in den Kreis der Männer aufzunehmen.

Der erste zarte Flaum bildet sich meist auf der Oberlippe und daraus wird später der Schnurrbart. Ist dann das Kinn bewachsen, folgt auch die Behaarung an den Wangen. Von den ersten Barthärchen bis zum Vollbart dauert es jedoch

Jahre. Rasieren kannst du dich von Anfang an. Je öfter du dich rasierst, desto stärker und schneller wachsen deine Barthaare nach – das funktioniert wie beim Rasenmähen. Ob Nass- oder Trockenrasur ist eine Sache persönlicher Vorliebe. Probier aus, was dir und deiner Haut (**Hautpflege**) besser gefällt.
Auch wenn dein Bart (noch) nicht so wächst, wie du es gerne hättest, bleibt dir trotzdem nur eines: abwarten. Sämtliche Arten von Cremes und alle Tricks, die dir irgendwelche Kumpels unter dem Mantel der Verschwiegenheit verraten (Katzenblut bei Vollmond, Verzehr von rohem Fleisch u. Ä.) sind Quatsch!
Geduld, Geduld, schließlich hat die Stärke deines Bartwuches nicht das Geringste mit deiner »Männlichkeit« zu tun. Was immer damit auch gemeint sein mag.

Bart, Mädchen

Nicht nur deinen Altersgenossen wachsen nun allmählich die Barthaare. Wusstest du, dass auch bei allen (!) Mädchen ein feiner Flaum aus Tausenden von Haaren im Gesicht wächst? Zwar ist er bei vielen kaum sichtbar und fällt eher bei dunkelhaarigen Mädchen auf. Bist du davon betroffen, fang in keinem Fall an diese Barthaare zu rasieren. Als einziges Resultat werden dir immer mehr und dickere Haare wachsen. Für solche Fälle gibt es im Kosmetikangebot Enthaarungscremes oder die Möglichkeit, die Haare von einer Kosmetikerin dauerhaft entfernen zu lassen.

Berufswahl

Wenn du nicht schon als Kindergartenkind beschlossen hast, Lokomotivführer oder Tierärztin zu werden, dann ist gegen Ende deiner Schulzeit die Berufswahl angesagt. Eine schwierige und zugleich folgenschwere Entscheidung! Hast du wirklich Lust, JETZT zu entscheiden, was du die nächsten 40 bis 50 Jahre treiben willst? Nun, ganz so verbissen musst du es in unseren modernen Zeiten, da sich alles ständig wandelt, nicht mehr sehen. Heute kannst du fast sicher sein, dass du deinen ersten erlernten Beruf NICHT bis zur Rente ausüben wirst. Experten schätzen, dass wir in Zukunft zwei bis drei verschiedene Berufe ausüben werden.
Ausführliche Berufsinformationen bekommst du in allen Arbeitsämtern, die dafür häufig schon ein eigenes »Zentrum« mit geschultem Personal eingerichtet haben. Sehr vorteilhaft ist in diesem Zusammenhang auch ein Schnupperpraktikum. Hier kannst du wirklich überprüfen, ob der angepeilte Beruf tatsächlich deinen Vorstellungen entspricht. Nicht vergessen: Frühzeitig bewerben!

Beschneidung

In manchen Kulturen ist es üblich, die Vorhaut des ➔ **Penis** zu entfernen. Häufig geschieht dies aus religiösen oder hygienischen Gründen. Bei jüdischen Jungen ist die Beschneidung heute noch die Regel (meist 8 Tage nach der Geburt).
Es gibt auch medizinische Gründe für eine Beschneidung. Eine so genannte Vorhautverengung (Phimose) liegt vor, wenn die Vorhaut nicht oder nur unter Schmerzen zurückgezogen wer-

den kann. Die Gefahr von bakteriellen Infektionen ist zu groß und daher ist die operative Entfernung der Vorhaut notwendig. Dieser kleine Eingriff wird unter Betäubung durchgeführt, die Schmerzen wären sonst nicht auszuhalten ...
Übrigens: Ob beschnitten oder nicht – für die Funktion deines Geschlechtsorgans hat dies weder Vor- noch Nachteile.

BH

Wenn deine → **Brüste** nicht absolut RIESENgroß sind, dann BRAUCHST du keinen BH. Es kann aber durchaus sein, dass du dich mit einem solchen Kleidungsstück irgendwie wohler fühlst. Dann braucht es dir auch nicht peinlich zu sein, dass du einen BH tragen möchtest. Büstenhalter gibt es wie alle Kleidungsstücke natürlich in verschiedenen Größen. Allerdings nicht so einfach wie S, M, L und XL. Stattdessen gibt es vier Körbchen-Größen, A bis D (A ist die kleinste, D die größte). Kombiniert wird dieser Buchstabe mit einer Zahl, deinem »Unterbrustumfang«.
Und so findest du die richtige Größe für dich heraus: Miss deinen Brustumfang UNTERHALB des Busens. Diese Zahl in Zentimetern ist deine BH-Größe. Dann misst du deinen Brustumfang inklusive Busen, da, wo er am meisten vorsteht. Ist dieses Maß um 12 cm oder weniger größer als der Unterbrustumfang, brauchst du ein A-Körbchen. Die B-Körbchen fassen bis zu 14,5 cm und C-Körbchen bis zu 17 cm mehr. Klar? Mit diesen Angaben spazierst du in ein Kaufhaus mit großzügiger Wäscheabteilung und probierst an, bis du ein Modell findest, das passt und in dem du dich wohl fühlst.
! Und noch ein **Tipp** für IHN: Wenn es richtig zur Sache geht, kann ein BH-Verschluss zum absoluten Erotik-Killer werden.

Da hilft nur üben! Heimlich geht das ganz prima an Mamas Teilen.

Binden

Binden sind eine Art »Windeleinlagen« für die Zeit der ➔ **Menstruation**. Ihre Aufgabe sollte es sein, das Blut aufzusaugen und ein Durchnässen der übrigen Kleidung zu verhindern. Prinzipiell gibt es dafür jedoch zwei Methoden mit speziellen Vor- und Nachteilen: Binden und ➔ **Tampons**.
Binden gibt es in vielen unterschiedlichen Größen und Stärken. Die meisten davon haben eine selbsthaftende Rückseite, sodass du sie problemlos in deinem Slip befestigen kannst. Der ➔ **Hygiene** und Sicherheit wegen solltest du die Binden immer rechtzeitig wechseln. Bei starker Blutung kann der Wechsel alle zwei bis drei Stunden nötig sein. Zu seltener Bindenwechsel hat unangenehme Geruchsbildung oder gar das schmerzhafte Wundwerden der Scheide zur Folge. Viele Mädchen besorgen sich zwei unterschiedlich starke Binden. Etwas dickere, saugfähigere Binden schützen dich in der meist kurzen Phase heftiger Blutung und nachts. Eine dünnere Ausführung genügt dann für die folgenden Tage mit leichter Blutung.
Ob du dich für Binden oder Tampons entscheidest, liegt ganz bei dir. Das wichtigste Argument, das hier zählt, ist immer dein Wohlbefinden.

Bodybuilding

Wer hätte nicht gerne eine Traumfigur? Waschbrettbauch und Schwarzenegger-Schultern stehen auf der Teenager-Hitliste für ihn ganz weit oben. Was also liegt näher, als mit ein paar Runden Bodybuilding der Natur etwas nachzuhelfen?
Wunder gibts hier leider nicht. Ein sichtbarer Erfolg kann sich bei Training dreimal pro Woche erst nach zwei bis drei Jahren einstellen. Vorausgesetzt, du bildest deinen Body unter Anleitung eines erfahrenen Trainers. Dazu kommt dann noch Ausdauertraining und natürlich eine strenge, spezielle → **Diät**.
Deinem Körper und deiner Gesundheit allerdings wäre mit Ausgleichssport zweimal wöchentlich eher gedient. Ehrlich wahr!

Boygroups

Über die Hälfte aller Mädchen zwischen 12 und 16 sind mindestens einmal unsterblich in einen Popstar verliebt. Speziell für dieses liebesbedürftige Publikum werden deshalb jährlich neue Boygroups zusammengebastelt, die jeden Mädchengeschmack bedienen. Die entsprechend geplanten Medien- und Marktstrategien lassen dann auch dem letzten Teenie keine Chance, unbeschadet zu entkommen.

! Deshalb ein heißer **Tipp**: Halte dich an die Traumboys in deiner Umgebung, wenn du dich gerne verlieben möchtest. Das Einschalten von MTV ändert auch die unangenehme Wahrheit nicht: Deine Chance auf ein Date mit einem der Goldjungs aus dem Popgeschäft liegt bei exakt 0,0000000 Prozent.

Brille

Die Zeit der unsagbar schweren, riesigen, hässlichen Hornbrillen mit ultradicken Gläsern ist längst vorüber, die Tage der menschlichen Schleiereulen sind also gezählt. Heute gibt es Brillen in jedem Design und für jeden Geschmack. Die richtige Brille macht dich attraktiver, erwachsener, hipper. Eine neue Brille solltest du als Chance sehen, nicht als Last. Schon nach wenigen Wochen hast du dich an das Gestell auf der Nase gewöhnt, wenn du sie wirklich konsequent trägst. Kannst du dich aber mit dem Tragen einer Brille überhaupt nicht anfreunden, solltest du vielleicht besser Kontaktlinsen in Erwägung ziehen. Informiere dich jedoch gut, denn auch diese Sehhilfen können enorme Nachteile haben.
Übrigens: Nimm zum Brillenkauf nicht deine Mutter mit. Geh lieber mit ein paar Freunden/Freundinnen. Das macht mehr Spaß und du gehst auf Nummer sicher, dass das Teil auch bei deinen Altersgenossen ankommt.

Brüste

Können nie groß genug sein, wenn man den Jungs Glauben schenken will. Und in vielen Fällen sind sie obendrein auch noch unterschiedlich groß. Biologisch erfüllen sie bei Menschen ebenso wie im Tierreich zwei Funktionen: Sie produzieren Muttermilch für den Nachwuchs und sie sind so genannte sekundäre Geschlechtsmerkmale. Als solche signalisieren sie ab einer deutlich sichtbaren Größe deinem Gegenüber, dass du eine voll »funktionstüchtige« Frau bist.
Wenn auch du zu den vielen Mädchen gehörst, die sich Sorgen

um ihre Brustgröße machen, so lass dich wenigstens etwas trösten. Es gibt mindestens ebenso viele Jungs, die das gleiche Problem mit ihrem ➜ **Penis** haben. Hier wie da gibt es jedoch kein Idealmaß. Je nach Kultur und Mode sind mal »kleine«, mal Riesenbrüste in. Doch weder mit altbewährten Hausmittelchen noch mit Satansbeschwörungen hast du eine Möglichkeit, die Brustgröße zu beeinflussen. Da muss schon ein Tütchen Silikon in die Brust, wenn du wie Pamela Anderson aussehen willst. Das wiederum ist nicht nur teuer, sondern auch gefährlich – und ziemlich dumm.

Brusthaare

Manche Männer haben Oberkörper wie Gorillas, andere sind glatt wie ein Kinderpopo. Manche Männer haben Haare auf dem Bauch, an den Schultern, an Armen, Beinen, Händen und Füßen, manche haben sogar Haare am Rücken. Aber viele sind unzufrieden. Millionen von Männer wünschen sich eine Matte auf der Brust und sind frustriert über die drei einsamen Härchen. Die Haarigen wiederum haben Angst, dass man sie für dumme Affen hält. Du kannst ohnehin nur akzeptieren, was dir wächst. Und deine tatsächlichen »männlichen« Qualitäten lassen sich durch solche genetischen Anlagen wie z. B. den Haarwuchs nicht messen. Die Welt wird dir trotzdem offen stehen. Auch der gute alte James Bond trug ein Brusthaar-Toupet. Tja, so ists eben in Hollywood.

Brustwarzen

Die Brustwarzen gehören zu den empfindlichsten Körperstellen bei Jungen und Mädchen. Die weiblichen Brustwarzen wachsen in der Pubertät ganz enorm und können sich, wenn sie stimuliert und gereizt werden, aufstellen. Dieser Mechanismus sorgt später dafür, dass ein Baby erfolgreich Milch saugen kann. Sich im Bereich der Brustwarzen ein → **Piercing** verpassen zu lassen, ist nicht cool, sondern dumm.

Bulimie

→ **Fresssucht**

Cannabis

Auch als Marihuana oder Haschisch bekannt, besteht es aus den getrockneten Blättern einer bestimmten Hanfsorte. Es kann geraucht oder gegessen werden. Ähnlich wie → **Alkohol** betäubt es, beeinflusst die Konzentrationsfähigkeit und setzt die Hemmschwelle herab. Cannabis ist eine relativ erschwingliche → **Droge** und war früher unter Teenagern weit verbreitet. Heute ist es von → **Ecstasy** abgelöst. Cannabis macht nicht sofort süchtig, aber ähnlich wie bei Alkohol entsteht die Sucht schleichend und ist nicht minder gefährlich.

Clique

Soziologen verstehen unter diesem Begriff aus dem französischen Sprachgebrauch eine kleine Gruppe (meist Jugendliche oder junge Erwachsene) mit gemeinsamen Interessengebieten, einen Freundeskreis.

Cliquen haben in der Regel einen sehr starken Einfluss auf ihre Mitglieder – in positiver wie negativer Hinsicht.

Freundschaften werden in einer Clique geschlossen und viele soziale Eigenschaften geprägt. Auf Basis der Zusammengehörigkeit entstehen Vertrauen und Hilfsbereitschaft.

Aber es gibt auch Cliquen, die negative Einflüsse auf ihre Mitglieder haben. → **Gruppendruck** kann einen zu einer Menge Dummheiten verleiten.

Verabschiede dich von deiner Clique, wenn du dich in eine Rolle gedrängt fühlst, mit der du dich nicht identifizieren kannst. Echte → **Freunde** akzeptieren dich so, wie du bist.

Computer

Der Computer ist das Salz in der Suppe unseres Zeitalters. In nur wenigen Jahren ist er zu einer Art »Grundnahrungsmittel« geworden. Kaum eine Berufsbranche kommt heute noch an dieser Hardware vorbei. Aus diesem Grunde solltest auch du spätestens mit zwölf Jahren Zugang zu einem Computer bekommen.

Computer fördern logisches Denken ebenso wie Konzentrationsfähigkeit, sie fördern das englische Vokabular und sie regen an, sich kreativ und zielgerichtet mit etwas zu beschäftigen. Sie können Wissen vermitteln und in begrenztem

Umfang sogar teure Nachhilfelehrer ersetzen. Das Angebot an Lern- und so genannter »Infotainment«-Software zu allen Schulfächern ist enorm breit gefächert. Und nicht zuletzt gibt es auch eine Menge spannender Computerspiele.

Leider sprengt ein PC in der Regel den finanziellen Rahmen eines Jugendlichen und muss deshalb in den allermeisten Fällen von den Eltern finanziert werden. Du solltest aber bei deinen Verhandlungen daran denken, dass du über eine nicht ganz billige Anschaffung diskutierst. Über allzu günstige Sonderangebote erhältst du vielleicht ein Gerät, das bereits nach kurzer Zeit den Anforderungen neuer Programme nicht mehr entspricht. Zwar werden die Bauteile ständig billiger, dafür aber auch die Anforderungen an ihre Leistung immer höher.

! **Tipp:** Wenn du wirklich keine Aussicht auf ein eigenes Gerät hast, bleibt immer noch der Familien-PC, den alle nutzen dürfen.

Date

→ **Verabredung**

Depression

Kleinere depressive Phasen gehören ebenso zum Teenagerleben wie die erste → **Liebe**. Verständlich, ist doch diese Zeit alles andere als einfach und unkompliziert. Kein Wunder, dass dir manchmal die Decke auf den Kopf fällt. Das ist normalerweise kein großes Problem, rappelt man sich nach einiger Zeit des Selbstmitleids wieder auf, um sich von neuem in das Chaos dieser Welt zu stürzen. Doch das gelingt lange nicht jedem. Manche Menschen kommen mit diesen Phasen nicht zurecht. Sie fallen immer häufiger in immer tiefere, immer längere Depressionen. Entsteht daraus ein echtes Krankheitssymptom, bedarf es unbedingt ärztlicher Behandlung. Andernfalls dreht sich die Spirale langsam, aber stetig weiter, vielleicht bis zum → **Selbstmord**. Allzu häufige Depressionen bei einem deiner Freunde oder dir selbst solltest du also nicht ignorieren. Der Besuch bei einer Beratungsstelle oder einem Psychotherapeuten bietet professionelle Hilfe. Depression ist heilbar!

Diaphragma

Ein Verhütungsmittel, das in die Scheide eingeführt wird und dort den Zugang zum Gebärmutterhals blockiert, sodass keine männlichen Spermien dorthin gelangen können. Ein Diaphragma muss von einem Arzt genau eingepasst werden. Dort bekommst du auch genau die Benutzung erklärt. Wirkliche Sicherheit bietet ein Diaphragma nur dann, wenn es mit einem chemischen Verhütungsmittel kombiniert wird.
Übrigens: Einen wirksamen Schutz vor → **Aids** bietet ein Diaphragma allein NICHT!

Diät

Auf der Suche nach der Traumfigur wirst du vielleicht früher oder später den Wunsch verspüren, eine Diät zu machen. Vorschläge dazu findest du in nahezu jeder Frauenzeitschrift. Doch Vorsicht: Verführerische Slogans täuschen! »Ohne hungern in drei Tagen zur Traumfigur!« Lass dich mit solchen Versprechungen nicht verkohlen. Mit einer Schnelldiät wirst du kaum dauerhaft abnehmen können. Im Gegenteil. Nach Beendigung deiner konsequent diätetischen Lebensweise wird dein Körper versuchen, die verlorenen Pfunde wieder zuzulegen, meist sicherheitshalber noch ein wenig mehr. Dieser Effekt, als »Jojo-Effekt« bekannt und gefürchtet, entspricht noch der genetischen Programmierung des Menschen aus der Steinzeit, wo Fett in Zeiten des Mangels die einzige Garantie fürs Überleben war.

Wenn du also erfolgreich abnehmen möchtest, solltest du deine **Ernährung** und Lebensweise dauerhaft umstellen. Achte bei den Mahlzeiten auf mehr Vitamine und Ballaststoffe, iss dafür weniger Fett und Zucker. Kombiniert mit der nötigen Portion Bewegung ist dies die beste »Diät«.

Drogen

Garantiert wirst du als Teenager mehr als einmal mit Drogen in Berührung kommen. Vielleicht hast du auch schon erste Erfahrungen gesammelt. Deshalb bist du noch lange kein Junkie. Damit aus dir keiner wird, solltest du dir darüber im Klaren sein, dass es wenige und äußerst gefährliche Drogen gibt.

Dabei sind die gefährlichsten Drogen eben nicht nur **Heroin**, **Kokain** oder **Cannabis** – obgleich wir diese keinesfalls verharmlosen wollen. Gefahr Nummer 1 sind Zigaretten (**Rauchen**) und **Alkohol**. Warum? Sie sind fast überall problemlos auch für Teenager zu haben. Sie sind legalisiert und werden überall konsumiert, auch von so genannten Vorbildern. Sie sind verhältnismäßig billig. Kein Wunder also, dass Tabak weltweit als Killerdroge Nummer 1 gilt, gefolgt von Alkohol. Die Gefahr, an den Folgen des Rauchens zu sterben, ist ungefähr 100-mal so hoch wie die Gefahr, durch Heroin zu Tode zu kommen.

Mehr über die einzelnen Drogen findest du unter den entsprechenden Stichworten. Klar sollte jedoch sein, dass selbst die harmloseste Droge immer noch eine Droge bleibt. Die beste und einzige Methode, von einer Droge nicht abhängig zu werden, ist, sie nicht zu konsumieren! ➜ **Drogendealer**

Drogendealer

Die Gesetze gegen ➜ **Drogen** sehen harte Strafen vor – für Konsumenten und insbesondere für Dealer. Von Land zu Land und von Droge zu Droge sind die Regelungen unterschiedlich. Fast immer werden aber Menschen, die mit einer bestimmten Mindestmenge erwischt werden, als Dealer angeklagt. Darauf steht teilweise sogar schon für Jugendliche eine Gefängnisstrafe. Wer also nicht nur Drogen konsumiert, sondern auch, und sei es aus »Nettigkeit«, für andere mitbesorgt, sitzt schnell im Bau.

Menschen, die professionell, das heißt aus Gewinnsucht, dealen, solltest du keinesfalls decken. Die ➜ **Polizei** ist dabei auch auf deine Hilfe angewiesen. Dealer haben gewiss nichts auf einem Schulhof verloren. Solltest du dort verdächtige Beobachtungen machen, dann ist der Anruf bei der Polizei die richtige Reaktion!

Ecstasy

Eine ➜ **Droge**, die in Kapsel- oder Tablettenform verkauft wird und leider bei vielen ➜ **Partys** »dazugehört«. Die Wirkung ist je nach Konsumenten und psychischer Situation sehr unterschiedlich: Von Glücksgefühlen über hyperaktives Energiepotenzial bis zu Übelkeit, Angstzuständen und Depression. Da unheimlich viel »gepanschtes« Ecstasy auf dem Markt ist, sind schwere gesundheitliche Risiken bis hin zum Tod durch Herzversagen nicht auszuschließen. Ecstasy ist eine relativ »billige« Droge und deshalb bei Teenagern beliebt. Auch wenn man dir anderes erzählt: Ecstasy ist eine echte, harte Droge und du solltest die Finger davon lassen. Bei Partys und in Discos solltest du dein Glas immer im Auge behalten oder einen echten Freund darum bitten. Spaßvögel kippen nämlich gerne mal ein wenig E. in anderer Leute Drinks, nicht wissend, dass dies als Mordversuch verurteilt werden kann ...

Eifersucht

Was wäre ➜ **Liebe** ohne Eifersucht? Die spannendsten Bücher, Dramen, Filme und Theaterstücke der Menschheit wären nie entstanden, Königreiche bestünden noch heute und das Gefühlsleben eines Teenagers wäre ach so simpel.

Doch zum Glück gibt es sie: die Eifersucht. Es ist eine übersteigerte Liebe mit universellem Besitzanspruch. Wer eifersüchtig ist, der mag seinem Partner aus lauter Angst keine anderen menschlichen Beziehungen gönnen, er erstrebt Glück durch Alleinbesitz.

Ein wenig Eifersucht ist normal, ja sogar fruchtbar für jede

Beziehung. Übersteigerte, krankhafte Reaktionen wirken dagegen beziehungsgefährdend. Eine solche Eifersucht entsteht aus Unsicherheit und Angst. Ehrlichkeit und Offenheit sind deshalb wichtige Grundlagen einer jeden Beziehung. Ist dein Partner eifersüchtig, nimm diesen Hinweis ernst. Mit häufigeren Liebesbezeugungen gibst du deinem Gegenüber mehr Sicherheit. Bist du selbst eifersüchtig, sprich es offen aus. So könnt ihr zusammen nach Lösungen suchen.

Ejakulation

Eine Ejakulation ist bei Jungen mit dem ➔ **Orgasmus** verbunden. Es ist der Moment, bei dem unter krampfartigem Zusammenzucken bestimmter Muskeln der Samen ausgestoßen wird. Findet eine Ejakulation in oder in unmittelbarer Nähe der Scheide statt, ist das Risiko einer ➔ **Schwangerschaft** gegeben. Bei den meisten Jungs wird unmittelbar nach der Ejakulation der ➔ **Penis** schlaff. Das ist kein Versagen, sondern eine normale Reaktion. Meist ist nach einiger Zeit (wenige Minuten bis hin zu einer Stunde) der männliche Penis wieder erektionsfähig und bereit für eine neue Runde.

Zu Beginn der ➔ **Pubertät** haben viele Jungs Probleme mit nächtlichen ungewollten Ejakulationen. Die sind weder eine Schande noch ein Zeichen für eine verkorkste Sexualität. Sie entstehen aus biologischer Notwendigkeit, wenn die ➔ **Hoden** so viel Samen produziert haben, dass ein echter »Überdruck« entsteht.

Eltern

Eltern können ja soooo peinlich sein. Ganz gleich, ob es sich dabei um spießig-fantasielose Normalo-Eltern handelt oder um eher lockere Spontis.

Am allerschlimmsten aber sind wohl Eltern, die sich in Szene-Klamotten werfen und auch sprachlich so tun, als seien sie gerade mal zwei Jahre älter als du selbst. Wenn sie dann noch deine Freunde mit coolen Sprüchen bepflastern, ist die Peinlichkeit nicht mehr zu überbieten.

Es gibt nichts Unangesagteres als Eltern – auch wenn viele von ihnen das einfach nicht wahrhaben wollen. Wenn auch du mit solchen Eltern geschlagen bist, dann solltest du sie dir frühzeitig zur Brust nehmen. Möglichst bevor sie dich bei allen Freunden endgültig blamiert haben.

Wenn deine Eltern wirklich jung geblieben sind, müssen sie es dir nicht täglich neu beweisen. Gerade sie müssten Verständnis dafür haben.

Vielleicht kannst du ihnen dafür etwas mehr von deiner Aufmerksamkeit gewähren, wenn gerade keine Freunde in der Nähe sind. Ein schöner Spieleabend zum Beispiel zeigt deinen Eltern, dass du sie nach wie vor magst.

Erektion

Durch einen hormonell ausgelösten Blutstau im → **Penis** vergrößern sich die so genannten Schwellkörper und der Penis wird hart – er erigiert. Auslöser sind zumeist sexuelle Gedanken oder Handlungen. Das ist von der Natur so vorgesehen, um die menschliche Fortpflanzung und Arterhaltung zu

gewährleisten. Schließlich ist erfolgreicher Geschlechtsverkehr nur mit einer Erektion möglich.
Jungs neigen im Teenageralter dazu, Erektionen bei allen möglichen und unmöglichen Gelegenheiten zu bekommen. Vorzugsweise erigiert der Penis unter der Sammeldusche nach dem Sportunterricht, im Freibad oder sogar im Deutschunterricht. Das liegt weniger an geilen Themen, sondern einfach daran, dass gerade zu Beginn der Pubertät die ➾ **Hormone** noch nicht immer so funktionieren, wie sie sollen.
Weitere Hosen verbergen in dieser kritischen Zeit, was nicht öffentlich sein soll. Wenn eine Erektion ignoriert wird, vergeht sie meist innerhalb weniger Minuten von selbst. Auf keinen Fall sollte der erigierte Penis mit Gewalt »heruntergedrückt« werden, denn dabei können die Schwellkörper empfindlich verletzt werden.
Übrigens: Fast alle Jugendlichen und auch viele erwachsene Männer haben beinahe jeden Morgen eine Erektion. Dies ist nicht auf sexuell attraktive Träume zurückzuführen, sondern auf die stark gefüllte Blase, die Druck auf die Schwellkörper ausübt.

Ernährung

Idiotischerweise ist alles das, was Teenagern schmeckt, ungesund: Hamburger, Pommes, Chips, Cola, Schokolade ...
Doch zum Glück sind die Grenzen nicht so hart. Wir wollen dich keinesfalls zu einer Vollkornökomüslilangeweilebrutalodiät verdonnern.
Fastfood und Süßigkeiten führen nicht unmittelbar zum Tode. Weshalb solltest du also auf sämtliche kleinen Verführungen des Lebens verzichten? Hauptsache, du achtest darauf, dass

du genügend Eiweiß (enthalten in Eiern, Fisch, Milch und Käse, aber auch in Hülsenfrüchten), Vitamine (enthalten in Obst und Gemüse) und Mineralien (enthalten in Gemüse und Vollkornprodukten) zu dir nimmst. Natürlich brauchst du auch Fette, Kohlenhydrate und Zucker. Damit wirst du jedoch durch deine Lieblingsspeisen zur Genüge beliefert.
Übrigens: Gesunde Ernährung hat eine Menge Vorteile. Du bekommst weniger → **Pickel**, deine Haare (→ **Haarpflege**) werden nicht so schnell fett, deine Zähne glänzen weißer und du wirst leistungsfähiger. Nicht so übel, oder?

Erröten

Zählst du auch zu jenen Menschen mit dem Tomaten-Syndrom? Ganz gleich, ob du ohne → **Hausaufgaben** vom Lehrer gestellt wirst, deinem Schwarm die Liebe eingestehen willst oder du bei der Frage nach dem Übeltäter Unschuld heucheln möchtest: Immer signalisiert deine tiefrote Gesichtsfarbe Peinlichkeit.
Leider gehört die Veränderung der Gesichtsfarbe zu den Reaktionen, die nur schwer zu steuern sind. Zwar ist Erröten eine körperliche Reaktion, doch zumeist psychisch bedingt. Es helfen also keine Pillen und Salben, eher ein paar psychologische Tricks.
Die meditative Methode hilft bei starker emotioneller Erregung: Schließ die Augen und den Mund, atme langsam und tief durch die Nase ein und aus, zähl dabei mit. Konzentriere dich völlig auf deine Atmung. Diese Technik kannst und solltest du täglich üben – am besten morgens oder abends im Bett, manchmal auch bewusst im Bus oder im Unterricht. Schon nach wenigen Wochen wirst du sie so ver-

innerlicht haben, dass du im Ernstfall deine Emotionen im Griff hast – und damit auch deine Hautfarbe.

Familienterror

Ihr seid eine Superfamilie, in der jeder seinen Platz hat und echte Geborgenheit findet? Prima! Trotzdem kommt irgendwann die Zeit, in der du dich viel mehr mit deinen Freunden, mit Musik und mit tausend anderen Sachen beschäftigen möchtest als mit deiner Familie. Unter Jugendlichen ist Familie ziemlich out. Wer dazugehören will, der darf kein Familienfanatiker sein.

Erfahrene → **Eltern** machen sich nichts daraus. Sie wissen, wann sie ihre Kinder loslassen müssen, und versuchen nicht künstlich eine Familienidylle aufrechtzuerhalten.

Problematisch wird es dagegen, wenn deine Eltern nicht so modern oder erfahren sind und die Familie als Heiligtum betrachten. In diesem Fall müssen sie erst mit dem Rückgang der Familienrolle in deinem Leben klarkommen. So lange wirst du bitter um jede Stunde mit Freunden feilschen müssen.

Dennoch solltest du dringend mit deinen Eltern darüber sprechen. Nur so kannst du verhindern, dass es immer wieder wegen nichtiger Kleinigkeiten »raucht«. → **Streit, Eltern**

Ferienjobs

Die beste Methode, ruckzuck flüssig zu werden oder im Vorfeld größerer Investitionen, etwa für → **Urlaub**, Moped oder → **Führerschein**, zu ordentlich Knete zu kommen, ist der

Ferienjob. Vollzeit. Mehrere Wochen am Stück. Da kommt schon was zusammen. Je nach Engagement und Arbeit kannst du so in einem Monat zwischen 500 und 1500 Euro verdienen. Ist das nicht verlockend?

Allerdings erfordert das eine tägliche Arbeitszeit von acht Stunden und den entsprechenden Arbeitswillen. Bist du dazu bereit? Dann mach dich auf die Suche. Leider gibt es eine Menge junger Menschen, die in den Ferien Geld verdienen wollen, und so ist die Konkurrenz groß.

Beim Arbeitsamt findest du vor allem kurz vor Ferienbeginn meist nur noch Loserjobs in der Kartei. Solche, die kein anderer haben will.

Wenn du also keine Lust hast für 3,50 Euro die Stunde städtische Abwasserkanäle zu reinigen, musst du früh anfangen, dich um einen Job zu kümmern.

Wenn du die Qual der Wahl hast, musst du genau wissen, was du willst: Ein Maximum an Geld verdienen? Dann sind harte Hilfsarbeiterjobs auf dem Bau oder in der Industrie am geeignetsten. Oder hast du vor eine ruhige Kugel zu schieben? Probier dein Glück als Aushilfskassierer im städtischen Freibad. Fast immer heißt mehr Geld auch mehr oder härtere Arbeit. In diesem Buch (→ **Nebenjobauswahl**) findest du ein paar Beispiele. Ansonsten musst du einfach schauen, was der Markt hergibt.

Verplane aber nie die ganzen Ferien für einen Job. Mindestens die letzte Woche vor Schulbeginn solltest du dir frei halten, um noch etwas faulenzen zu können.

Flirt

Nicht mit → **Liebe** zu verwechseln, aber auch ganz lustig. Wenn zwei Menschen miteinander flirten, dann versuchen sie dem anderen zu zeigen, wie toll sie ihn finden – und wie toll sie selber sind. Der Grund kann Liebe sein, aber auch nur Spaß am Flirten, nackte Angeberei oder Lust auf → **Sex**. Wenn allerdings dabei nur einer von beiden verliebt ist, dann ist → **Liebeskummer** vorprogrammiert. Die einfachste Regel fürs Flirten lautet: Den anderen auf sich aufmerksam zu machen. Wie? Lass deine Fantasie spielen. Freche Blicke, eine Einladung zu einer → **Party**, eine geliehene CD, na ...?
Übrigens: Wer sich auf einen Flirt einlässt, muss sich nicht auch auf Sex einlassen! Flirten nur aus Spaß ist erlaubt – und ein gutes Training für die einzig wahre, große Liebe.

! **Tipp:** Wer sich nicht so direkt rantraut, schaut seinem Opfer einfach bei jeder Gelegenheit etwas länger als gewöhnlich in die Augen. Irgendwann macht es »klick«. Meistens.

Fresssucht

Fresssucht, wissenschaftlich Bulimie genannt, ist eine besonders schwere Essstörung, an der überwiegend Mädchen leiden. Dabei handelt es sich nicht um den in der → **Pubertät** üblichen Heißhunger, sondern um eine echte Krankheit. Jemand, der unter Bulimie leidet, ist oft deprimiert und fühlt sich ungeliebt. Er stopft sich aus Frust mit Essen voll – bekommt dann aber sofort Schuldgefühle und ist schockiert über die Mengen, die er in sich hineingeschlungen hat. Also wird alles wieder erbrochen. Bulimie ist für Außenstehende nur sehr schwer zu erkennen. Anders als bei der ➻ **Magersucht** nehmen die Betroffenen nicht so drastisch ab, aber auch kaum zu, da sie das Essen meist wieder erbrechen. Fresssüchtige benötigen dringend professionelle Hilfe eines Psychotherapeuten. Ihre Krankheit darf auf keinen Fall bagatellisiert werden.

Freund, Freundin

Irgendwann überfällt sie auch dich – diese unbeschreibliche Zuneigung zu einem anderen Menschen. Und anstatt dieses Glück mit dir zu teilen, inszenieren deine Eltern vielleicht ein fürchterliches Theater. Dabei könnte alles so einfach und schön sein.

Aber dennoch reagieren viele Eltern oft fassungslos, vor allem, wenn es das »erste Mal« ist. Als ob du über Nacht einer fürchterlichen Krankheit erlegen wärst.

Versetz dich einmal für einen Augenblick in die Gedanken deiner Eltern. Vielleicht glauben sie, dass sie ihr Kind jetzt an einen anderen Menschen verloren haben? Oder haben sie nur Angst davor, was geschieht, wenn die Beziehung wieder zerbrechen sollte? Sehen sie vielleicht gar das Problem, dass du durch diese Partnerschaft in kriminelle Kreise geraten könntest? Haben sie Angst vor negativer Beeinflussung ihres Kindes hin zu Gewalt, Kriminalität oder Drogenkonsum?

Möglicherweise liegen diese Ängste darin begründet, dass die Medien gefüllt sind mit diesbezüglichen Horrorstatistiken. Berichte über Jugendliche, die angeblich schon mit 13 ein reges Sexualleben haben, finden sich genug. Kein Wunder, wenn deine Eltern in quälenden Gedanken bereits ihr Enkelkind im Arm wiegen.

Deshalb ist es das Beste, frühzeitig und ganz allgemein über solche Themen zu sprechen. Teile deine Einstellung in dieser »Sache« frühzeitig mit, ohne irgendwelche Namen zu nennen. So lernen deine Eltern dich und dein Verhalten besser einzuschätzen. Das stärkt das Vertrauen und erhöht die Toleranz, lange BEVOR du deinen Partner das erste Mal zu Hause präsentierst. Ist es dann tatsächlich so weit, frag, ob du ihn oder sie mal einladen darfst. Verbitte dir jedoch freundlichst jede hochnotpeinliche Befragung und blöde Kommentare. Deine Eltern sollten froh sein, dass du zu Hause dein Seelenleben entblätterst, da kannst du im Gegenzug schon etwas Sensibilität und Rücksichtnahme erwarten.

Freunde, falsche

Rund 80 Prozent aller Eltern finden die Freunde ihrer Kinder – zumindest teilweise – unsympathisch. Wenn auch du zu den Betroffenen zählst, hilft keine Trotzreaktion, sondern nur die Offensive:

- Diskutiere mit deinen Eltern. Frag sie, was sie davon halten würden, wenn du keine Freunde hättest. Wäre ihnen das lieber? Sag ihnen, dass du Vertrauen in sie hast. Schließlich könntest du gewisse Freunde problemlos verheimlichen. Sie müssen deine Freunde nicht lieben, du liebst ja auch nicht alle ihre Freunde. Aber etwas Toleranz kannst du durchaus erwarten.
- Versprich ihnen, dass du erzählst, wenn du mitbekommst, dass einer deiner Freunde etwas Kriminelles macht oder mit → **Drogen** zu tun bekommt. Das hilft deinen Eltern, Vertrauen in deinen Freundeskreis zu entwickeln.
- Erzähl auch öfter von Dingen, die ihr zusammen unter-

nommen habt. Berichte von Einstellungen oder Verhaltensweisen, die du an bestimmten Freunden bewunderst oder mit denen du überhaupt nicht einverstanden bist.

- Erklär deinen Eltern, dass sie für dich auch weiterhin wichtig sind und dass es eine Menge Dinge gibt, die du mit deinen Freunden alleine nicht besprechen kannst. Bestätige ihnen, dass ihre Meinung von deinen Freunden sehr wichtig für dich ist.
- Wenn du deine Freunde gerne nach Hause mitbringen möchtest, dann besprich es ebenfalls mit deinen Eltern. Eigentlich ist es super, wenn sie deine Freunde kennen lernen können. Wenn die Anonymität aufgehoben ist, können sie ihre Ängste leicht abbauen. Kläre jedoch vorher mit deinen Eltern, dass sie dir und deinen Freunden nicht ständig auf die Nerven gehen und alle paar Minuten unter irgendeinem Vorwand ins Zimmer schielen. Möge dir diese Peinlichkeit erspart bleiben.

Freundschaftsprobleme

In der Pubertät verändert sich nicht nur der Körper, sondern auch die Seele. Dazu gehört, dass man ganz neue, andere Interessen entdeckt, neue Vorlieben entwickelt und sich auch für Dinge nicht mehr begeistern kann, die einem vorher noch besonders wichtig waren.

Aus diesem Grund wechselt häufig auch der Freundeskreis. Mit seiner alten Sandkastenfreundin findet man plötzlich kein gemeinsames Thema mehr und der dicke Kumpel von früher erscheint einem auf einmal merkwürdig fremd.

Damit befindest du dich in bester Gesellschaft. In dieser Zeit werden unzählige neue Freundschaften entstehen, aber auch viele alte zerbrechen. Natürlich tut das weh, doch zugleich ist es unvermeidlich. Menschen entwickeln sich nicht immer gleich schnell in die gleiche Richtung. Diese Tatsache gehört zu den unangenehmen Seiten des Erwachsenwerdens. Natürlich heißt das nicht, dass du deine Freunde wechseln sollst wie andere Leute ihre Wäsche. Wenn dir eine Freundschaft wirklich wichtig ist, solltest du auch darum kämpfen. Andererseits wirst du nie Neuland entdecken, wenn du dich mit aller Macht immer an das Alte klammerst.

Führerschein

Der Führerschein gehört heute zu den absoluten Basics für junge Menschen. Ohne Mofaführerschein mag man gerade noch über die Runden kommen. Aber 18 und kein Autoführerschein? Undenkbar in unserem hochautomobilen Zeitalter.

Wenn du zum frühestmöglichen Zeitpunkt den begehrten Ausweis in den Händen halten willst, dann solltest du mindestens zwei Jahre vorher anfangen daran zu arbeiten. Schließlich gilt es, die nicht unbeträchtlichen Geldmengen für die Ausbildung zusammenzubekommen. Möglicherweise musst du dir einen → **Nebenjob** suchen, um Geld zu verdienen. Wenn dir das erst ein paar Wochen vor deinem 18. Geburtstag einfällt, dann wird es eng. Also: frühzeitig planen und vorbereiten, Argumente sammeln, diskutieren und sparen.

Fußstapfen

So verschieden wie die Menschen charakterlich sind, so unterschiedlich sind auch ihre Interessen und Neigungen. Dabei sind auch ➜ **Eltern** und ihre Kinder keine Ausnahme. Dennoch sähen viele Mütter und Väter ihre Kinder nur zu gerne in den eigenen Fußstapfen. Zusätzlich problematisch wird es, wenn du noch ➜ **Geschwister** hast und einer von euch doch nach Vater oder Mutter schlägt. Die Gefahr ist dann besonders groß, dass dieses Kind ständig bevorzugt und stärker gefördert wird. Natürlich ist das ungerecht. Schließlich hat jeder Mensch ein Recht darauf, dass seine Leistungen Beachtung finden.

Ist der Wunsch sehr ausgeprägt, begreifen Eltern nur schwer, dass ihr Kind nicht die vorgesehene Laufbahn einschlägt. Ebenso schlimm sind Eltern, die wollen, dass ihre Kinder etwas erreichen, was sie nie erreichen konnten. Manch fußballbegeisterter Vater, der selbst nur in der Regionalliga spielte, würde seinen Sohn nur zu gerne in die Bundesliga bringen. Da ist die Katastrophe vorprogrammiert.

Haben auch deine Eltern ganz klare Vorstellungen davon, was du einmal werden sollst? Dann hilft nur eines: Mach ihnen frühzeitig und unmissverständlich klar, dass du derjenige bist, der diese Entscheidung trifft. Auch wenns schwer ist – und Zoff mit sich bringt. Alles andere bringt unnötige Probleme mit sich. Und dann entscheide auch tatsächlich für dich selbst!

Gehör

Erwachsene erwarten ständig, dass man ihnen zuhört. Ob es um Ermahnungen zu mehr Fleiß in der Schule geht, um Kommentare zu Freunden und Lehrern oder um Äußerungen über die aktuelle Politik, stets fordern sie deine ungeteilte Aufmerksamkeit. Umgekehrt haben es Jugendliche meist schwer, sich bei ihren ➔ **Eltern** Gehör zu verschaffen.
Wenn du also willst, dass deine Mitmenschen dir zuhören, musst du vor allem darauf achten, den richtigen Moment zu erwischen. Abends vor der Tagesschau mit dem lang ersehnten Bierchen in der Hand ist Papa meist kaum zum Palaver aufgelegt. Kurz vor Mittag, mit zwei hungrigen Geschwistern am Schürzenzipfel und beiden Händen im Salat, hat Mama kaum die Ruhe, um wichtigen Problemen zu lauschen. Wenn ein guter Freund vor ➔ **Liebeskummer** beinahe umkommt, wird er für deine Probleme kein Ohr haben.
Da heißt es schon, günstige Momente abzuwarten. Beim Gespräch darfst du nie sofort mit der Tür ins Haus fallen und losplappern, etwa: »Du, Mama, ich wollte dir schon immer ...«
Beginn dein Gespräch mit einer geschickten Frage, die Aufmerksamkeit und Interesse weckt: »Sag mal, Papa, meinst du auch, dass Mädchen zu dumm zum Motorradfahren sind?«
Besonders wenn es dir schlecht geht, brauchst du jemanden, mit dem du über deine Gefühle sprechen kannst. Dein Gesprächspartner sollte dich dabei nicht mit ungebetenen Ratschlägen zuwerfen. Überleg dir gut, was du besprechen, fragen oder klären möchtest. Oder brauchst du eher einen stummen Zuhörer? Wähl danach gezielt deinen Partner aus. Im Gegensatz zu den Eltern haben Freunde in der Regel kein erzieherisches Bestreben und können sich deine Sorgen unbelasteter anhören.

Gerüchte

Sie sind das Salz in der Suppe des Lebens. Oder doch eher die Salzsäure? Du kennst das: Auf einmal wissen alle, dass Tamara aus der Zehnten schwanger ist ... Der Vater ist angeblich ein Amerikaner ... natürlich durchgebrannt ... Es werden Zwillinge ... Alle wissen Bescheid, nur Tamara nicht. Und wie sich Wochen später herausstellt, war alles nur falscher Alarm. Immer wieder entstehen Gerüchte. Manchmal nur deshalb, weil jemand etwas falsch verstanden hat. Manchmal auch, weil jemand bösartige Gerüchte in die Welt setzt. Am besten, du behandelst Gerüchte immer als das, was sie sind: unbewiesene, meist falsche Behauptungen. Und noch ein Tipp: Glaub nie, du könntest dir Freunde machen, indem du über Abwesende böse Geschichten zum Besten gibst. Du wirst nur unangenehm auffallen und jeder wird sich zweimal überlegen, ob er dir etwas anvertraut.

Geschlechtskrankheiten

Es gibt eine Menge von Krankheiten, die durch sexuellen Kontakt übertragen werden. Von der gewöhnlichen Grippe bis hin zum tödlichen → **Aids** reicht die Palette. Am weitaus häufigsten sind jedoch diverse Pilzerkrankungen. Meistens äußern sie sich durch starken Juckreiz oder Wundsein an Penis oder Scheide. Ungewöhnlicher Ausfluss und Schmerzen beim Wasserlassen zählen ebenfalls zu den Symptomen.

Außer Aids gibt es jedoch keine Krankheiten, die nicht von einem Facharzt erfolgreich kuriert werden könnten. Meist reicht ein gewöhnliches Antibiotikum aus, wenn die

Behandlung rechtzeitig erfolgt. Geh also im Zweifelsfall lieber früher als später zum Arzt. Wichtig ist, dass sich immer beide Partner behandeln lassen, sonst erfolgt eine ständige gegenseitige Ansteckung.

Übrigens: Der einzig wirksame Schutz gegen die Übertragung von Geschlechtskrankheiten ist das ➜ **Kondom**. Deshalb: Nie ohne!

Geschlechtsverkehr

Ein ziemlich trockener Begriff für die schönste Sache der Welt. Und da sind wir auch schon beim Thema. Nicht immer, schon gar nicht beim ersten Mal (➜ **Sex, das erste Mal**) ist es so schön, wie es sein könnte. Aber keine Bange. Mit etwas Übung und dem richtigen Partner wird es bald schon richtig Spaß machen. Wichtig ist immer, dass beide Partner dazu Lust haben und bereit dazu sind (➜ **Sex, ab wann**). Im Unterschied zum Petting geht es beim Geschlechtsverkehr so richtig zur Sache – wobei Küssen, Schmusen, ➜ **Petting** zum so genannten Vorspiel gehören.

! **Tipp:** Bevor du mit deinem Partner Geschlechtsverkehr hast, solltest du dir Gedanken über die ➜ **Verhütung** und den Schutz vor ➜ **Aids** machen. Das gilt für Jungs gleichermaßen wie für Mädchen.

Geschwister

Dass jüngere Geschwister ordentlich nerven können, ist allseits bekannt. Der Gipfel ist aber, wenn man als billiger Babysitter (→ **Babysitting**) missbraucht wird. Schließlich hast du diese Ärgernisse nicht ins Haus geholt. Warum sollst du das also jetzt ausbaden müssen?
Erstaunlicherweise ist es tatsächlich weit verbreitet, dass → **Eltern** ihren älteren Kindern sehr unterschiedliches Verantwortungsbewusstsein zugestehen. Wenn du gerne abends ausgehen möchtest, bist du noch zu jung und kannst die eigene Verantwortung für dich noch nicht übernehmen. Anders dagegen, wenn die Oldies etwas vorhaben; dann bist du reif genug, die gesamte Verantwortung für jüngere Geschwister zu tragen. Wenn deine Eltern die Freiheit, die du ihnen durch das Babysitting schenkst, erst einmal geschmeckt haben, ist der Missbrauch zum Kindermädchen meist nicht mehr weit. Ein- bis zweimal pro Woche zwei Stunden Babysitting ist noch okay und echt eine Hilfe für den Rest der Familie. Mehr ist Arbeit – und Grund genug für offensive Tarifverhandlungen oder auch mal einen Warnstreik.
Und: Lass dich nicht von jüngeren Geschwistern provozieren. Als Jugendlicher ist man doch viel zu cool, um sich mit Kleingemüse herumzuärgern, oder?

Gesetzeskonflikt

Gesetze sind dazu da, damit sich alle daran halten und eine Gesellschaft sich an Normen orientieren kann. Und es ist gewiss nicht erstrebenswert, den Tatbestand einer Gesetzesübertretung aus eigener Erfahrung zu kennen.

Wenn du also bei einer Aktion mit deinen »Freunden« ein schlechtes Gefühl hast, lass von vornherein die Finger davon! Auch wenn eine/r genau wissen will, dass alles in Ordnung geht: Misstrauen ist angebracht. Ausbaden musst du es in jedem Fall, denn deine »guten Freunde« versuchen sich im Nachhinein sicher aus der Affäre zu ziehen.

Solltest du dennoch ein Gesetz übertreten, darfst du so etwas nicht auf die leichte Schulter nehmen. Vor allem dann, wenn du durch dein Handeln andere Menschen geschädigt oder in Gefahr gebracht hast, ist es an der Zeit, über dein Verhalten nachzudenken.

Und ergreif möglichst schnell selbst die Initiative zu einem klärenden Gespräch mit deinen → **Eltern**, denn erfahren werden sie es ohnehin. Aussitzen macht in diesem Fall alles nur schlimmer.

Doch bevor du dich zur großen Beichte einfindest, solltest du dir einige Dinge überlegt haben:

- Wie schlimm ist dein Vergehen im Wertbild deiner Eltern?
- Was kannst du tun, um die Tat ungeschehen zu machen oder doch erheblich abzumildern?
- Wie stehst du in Zukunft dazu?

- Kannst du bzw. willst du dafür sorgen, dass sich dies nicht wiederholt?

- Überleg dir, was du tun kannst, um eventuelle Geschädigte ausfindig zu machen und ihnen einen Ausgleich zukommen zu lassen.

Gewalt gegen dich

Jemand, der dich gängelt und mit Gewalt bedroht, kann dir ganz schön die Stimmung vermiesen. Es kann so weit gehen, dass du dich gar nicht mehr aus dem Haus oder in die Schule traust. Dabei ist dein Gegner derjenige mit den wirklichen Problemen. Solche Typen stecken bis zum Stehkragen voll mit persönlichen Problemen, können sich selbst nicht ausstehen und fühlen sich nur dann besser, wenn sie andere fertig machen können. Manchmal finden sich mehrere solcher unangenehmen Typen zusammen und verbreiten als Gang Terror unter Jüngeren und Gleichaltrigen.
Wichtig ist, dass du gegen jede Art von Bedrohung und Unterdrückung vorgehst. Wenn du dich nicht direkt wehren kannst, ERZÄHL es zumindest weiter. Das hat wirklich nichts mit moralisch verwerflichem Petzen zu tun. Bei Gewalt und Unterdrückung hört der Spaß auf. Schalte ➜ **Eltern**, ➜ **Lehrer**, ältere ➜ **Geschwister** oder die ➜ **Polizei** ein. Angst musst du keine haben. Wenn die Typen aus der Sache schon nichts lernen, werden sie dich allein aus Furcht vor möglichen Konsequenzen in Ruhe lassen. Sie brauchen Opfer, die sich nicht wehren.

Gewalt gegen Dritte

Gewalt ist keine Sache, die man ignorieren darf. Wenn du mitbekommst, dass andere unterdrückt oder gar verletzt werden, solltest du einschreiten. Natürlich ist das nicht leicht. Vor allem wenn du allein einer Gang von einem halben Dutzend kahlköpfiger, Bomberjacken tragender Nachwuchskiller gegenüberstehst. Keine Angst, du musst dich nicht mit ihnen schlagen. Oft reicht es schon, ihnen zu verstehen zu geben, dass du als Zeuge alles genau mitbekommst und dir ihre Gesichter zu merken gewillt bist, wenn sie nicht schnurstracks die Fliege machen.

Erscheint es dir aber zu gefährlich, dich unmittelbar einzuschalten, dann solltest du dem Opfer auf jeden Fall helfen, sobald die Typen abgezogen sind. Und motiviere es dazu, Erwachsene bzw. die → **Polizei** einzuschalten. Natürlich wäre es mehr als fair, wenn du dich dann als Zeuge zur Verfügung stellen würdest. Denn Gewalt bekämpft man am besten durch Öffentlichkeit!

Girokonto

Ein eigenes Girokonto kannst du heute bei den meisten Banken schon ab 14 bekommen. Und in der Regel werden dann in den darauf folgenden Jahren auch noch keine Kontoführungsgebühren oder Ähnliches berechnet.

Wie wäre es, wenn du mit Unterschrift deiner → **Eltern** ein eigenes Konto eröffnest und dir zum Beispiel regelmäßig dein → **Taschengeld** dorthin überweisen lässt?

Vielleicht sind deine Eltern auch damit einverstanden, dass

das Kindergeld, das sie für dich erhalten, auf dein Konto überwiesen wird. Dafür gibt es dann aber kein Extrataschengeld. Stattdessen werden auch dein Sportvereinsbeitrag, das Fahrgeld und andere Dinge über dieses Konto abgewickelt. Kläre das alles aber vorher genau mit deinen Eltern ab.
Am Ende hast du vielleicht nicht wesentlich mehr Geld zur freien Verfügung, aber dein Konto produziert einen schönen Umsatz. Bald schon wirst du bei der Bank ein geschätzter »Stammkunde« sein und eventuell sogar Euroschecks für den bargeldlosen Zahlungsverkehr bekommen. So kannst du den Umgang mit Banken und Zahlungsmitteln gefahrlos lernen. Ein Argument, das deine Eltern eigentlich überzeugen müsste.

Großeltern

Deine Großeltern sind natürlich längst keine Babysitter mehr für dich. Wenn du aber über das Glück verfügst, nach wie vor einen guten Draht zu ihnen zu haben, dann ist das eine prima Sache.
Großeltern sind oft die besseren und verständnisvolleren Gesprächspartner. Das liegt daran, dass sie nicht unter dem Zwang stehen, dich unbedingt erziehen zu müssen. Diesen Job haben sie bei deinen → **Eltern** schon vor einer halben Ewigkeit erledigt.
Sie sind deshalb auch geeignet, um deinen Eltern quasi als Postbote Dinge unterzujubeln, die du ihnen selbst nicht sagen kannst, weil sie dir ohnehin nicht zuhören.
Es lohnt sich also auf jeden Fall, die Beziehung zu deinen Großeltern etwas zu pflegen. Ein freundlicher Brief oder Anruf hier, ein kleines, aber lieb gemeintes Geschenk dort – das ist kein Hexenwerk. Großeltern danken es dir meist um ein

Vielfaches (nicht nur mit teenagerlebensrettenden Finanzspritzen)!

Gruppendruck

Meinst du, etwas tun, kaufen oder glauben zu müssen, nur weil es deine ➔ **Freunde** in der ➔ **Clique** tun oder von dir verlangen? Dann bist du dem Gruppendruck verfallen. Wenn du von deinen Freunden nur akzeptiert wirst, wenn du tust, was alle tun, befindest du dich auf dem falschen Weg.
Wichtig ist allein, was DU tun oder lassen möchtest. Dinge, zu denen du dich überreden lässt, machen dich nicht glücklich und bringen dich vielleicht sogar in Gefahr. Der Konsum von ➔ **Alkohol**, Nikotin (➔ **Rauchen**) und ➔ **Drogen** ist beispielsweise ein typisches Ergebnis von Gruppendruck.
Übrigens: Typen, die erkennbar nur tun, was SIE für richtig halten, werden vom anderen Geschlecht als besonders attraktiv und selbstsicher empfunden. Es wird nicht lange dauern, bis sie selbst mehr Nachahmer haben, als ihnen vielleicht lieb ist ...

Haarentfernung

Viele Jungs sehnen sich die Körperbehaarung geradezu herbei, Mädchen dagegen verabscheuen sie eher. Stören auch dich deine Haare an den Beinen oder unter den Armen? Zwar gibt es für die Haarentfernung keine zwingenden (z. B. medizinischen) Gründe, aber dennoch verschiedene Möglichkeiten. Die Rasur ist dabei die uneffektivste Methode. Denn die Haare kommen garantiert wieder – und meist stärker als zuvor. Sinnvoll sind Enthaarungscremes oder der Gang zur Kosmetikerin. Methoden mit heißem Wachs o.Ä. sind nicht nur schmerzhaft, sie können auch zu lang andauernden Entzündungen führen. Auf die gleiche Methode wirst du auch Schamhaare in der Leistengegend los, die ansonsten störend unter deinem Bikinihöschen hervorschauen würden.

Haarpflege

Wie alle Körperteile müssen auch die Haare regelmäßig gepflegt und gewaschen werden. Regelmäßig heißt dabei nicht täglich. Im Gegenteil: Durch häufiges Waschen regst du deine Haare sogar dazu an, fettiger zu werden. Wasch deine Haare ungefähr alle zwei bis drei Tage mit einem milden Shampoo. Dabei entfernst du abgestorbene Hautpartikel, Fett und Schweiß. Damit hast du der → **Hygiene** Genüge getan. Alle weiteren Haarkosmetika, vom Haarlack bis zum Wetgel, haben etwas mit dem Styling deiner Haare zu tun, für die Pflege sind sie absolut irrelevant.

Wenn du ständig eine Art feinen weißen Schnee auf deinen Schultern trägst, hast du Schuppen. Schuppen sind winzige trockene Teilchen, die sich von deiner Kopfhaut ablösen. Verwende über längere Zeit ein spezielles Schuppenshampoo und du bekommst das Problem in den Griff. Bis dahin solltest du dunkle Klamotten meiden, dann fallen die Schuppen weniger auf.

Übrigens: Ob du Haarläuse bekommst oder nicht, hat nur wenig damit zu tun, wie oft du dein Haar wäschst. Mit einfachem Waschen ist das Ungeziefer nämlich nicht zu killen. Du fängst dir Läuse ein, indem du jemandem nahe kommst, der Läuse hat. So einfach ist das. Für den Ernstfall gibt es das geeignete Gegenmittel in der Apotheke. Beachte dabei unbedingt die Anwendungshinweise, um der Lausbrut an den Kragen zu gehen. Bleibende Schäden trägt man nicht davon.

Haschisch

→ **Cannabis**

Hausarbeit

Wenige Glückliche trifft es nie, viele müssen sich mehr oder weniger damit beschäftigen und eine kleine Gruppe muss zu Hause schuften bis zum Umfallen. In der Regel hält sich jedoch der elterliche Anspruch in tolerierbaren Grenzen. Wenn deine Eltern von dir verlangen, dich an den Haushaltspflichten zu beteiligen, geht es nicht darum, dass sie zu viel Arbeit hätten. Sie haben nur das Gefühl, ihr eigener Anteil an den Familienpflichten würde zu wenig geschätzt.

Also hast du grundsätzlich zwei Möglichkeiten: Entweder du übernimmst ein paar Jobs, die du aber auch gewissenhaft ausführen solltest. Oder du zeigst deinen Eltern, wie wichtig sie für dich sind. Das ist mit weniger Stress verbunden, aber nicht ganz so einfach.

Am besten ist ohnehin eine Kombination aus beiden Methoden. So kannst du nämlich bei deinen Eltern Punkte sammeln. Du wirst sehen, dass auf einmal Dinge möglich sind, die vor wenigen Wochen noch undenkbar erschienen. Die Übernachtung bei der Freundin oder der Besuch der Schuldisco bis 24 Uhr ist plötzlich viel wahrscheinlicher geworden.

Am besten also, du ergreifst frühzeitig Eigeninitiative. Such dir eine Tätigkeit aus, die dich nicht überbeansprucht, die du ganz gut überleben könntest, und starte deine Offensive: »Mama, eigentlich könnte doch ich samstags die Frühstücksbrötchen holen ...« – deine Mutter wird begeistert sein. Wenn du das Gefühl hast, nur die allgemein unbeliebten Arbeiten aufs Auge gedrückt zu bekommen, sag das auch. Solche Tätigkeiten sollten reihum unter allen verteilt werden. Verlange ruhig, dass deine jüngeren Geschwister in die Aufgabenverteilung einbezogen werden. In einer Familie kann JEDER nach seinen Möglichkeiten mitarbeiten. Es gibt eine Menge Jobs, die auch Sechsjährige schon verantwortungsbewusst ausführen können.

Hausaufgaben

Sie sind zwar ziemlich lästig, dennoch wirst du in deinem Teenager-Leben nicht darum herum kommen. Also machst du sie entweder so schnell wie möglich, um den Rest des Tages Zeit für die schöneren Dinge des Lebens zu haben. Oder du schiebst sie jedes Mal so weit hinaus, bis du dir dann die halbe Nacht um die Ohren schlagen musst. Oder wäre es gar besser, die Aufgaben morgens im Schulbus abzuschreiben? Du wirst dir leicht denken können, welche die effektivere, erfolgversprechendere und lustvollere Art zu leben ist ...
Wenn du bisher eher zu der faulen Spezies gehörst, dann solltest du probeweise auf Variante 1 umsteigen. Nach wenigen Tagen entscheidest du, wie du deine Nerven besser schonen kannst ...

Haushaltsführung

****

Der Traum eines jeden Jugendlichen sind die eigenen vier Wände, sturmfreie Bude rund um die Uhr. Das Paradies auf Erden? Fast. Schließlich erfordert eine eigene Haushaltsführung auch ungeliebte Tätigkeiten von dir: Geschirr spülen, kochen, waschen, Staub saugen, bügeln oder putzen gehören leider untrennbar dazu. Unter dem Strich ist das Leben zu Hause vermutlich doch praktikabler und lässt dir mit Sicherheit mehr Zeit für die angenehmen Dinge des Lebens.
Völlig abgesehen davon, ob deine → **Eltern** überhaupt mitspielen würden, ist eine eigene Haushaltsführung für Jugendliche auch ein finanzielles Problem.
Wenn du trotz allem vorhast, dein Leben in die eigene Hand zu nehmen, dann halte nach denkbaren Lösungen Ausschau: Habt ihr im Haus eine Gästewohnung, in die du ziehen könntest? Ist vielleicht euer Dachgeschoss oder der Keller ausgebaut?
Eine eigene Bude, vielleicht sogar mit Bad und Kochgelegenheit im elterlichen Haus, wäre sicher für den Anfang eine ideale Lösung. So hättest du die Chance, den eigenen Lebensstil zu proben und zu pflegen. Dennoch wärst du aber nicht völlig auf dich allein gestellt. Und deine Eltern könnten damit vielleicht auch leben.

Haustiere

****

Ein Haustier ist eigentlich eine feine Sache. Vorausgesetzt, du bist wirklich bereit, auf Dauer Verantwortung für ein Lebewesen zu übernehmen. Denk daran: Aus dem süßen Welpen

wird irgendwann ein großer Hund. Das Pony will nicht nur geritten, sondern täglich gefüttert und gepflegt werden. Und aus zwei süßen weißen Mäusen können in einem halben Jahr locker 200 werden.
Bevor du also in die Haustierbeschaffungsoffensive gehst, solltest du kritisch prüfen, ob du nicht nur gerade mal eben Lust auf ein Tier hast. Bist du auch noch in zwei Jahren bereit, jeden Tag Zeit und Mühe dafür aufzubringen? Wirklich? Ganz sicher?
Dann kannst du loslegen. Die schwerste Instanz dabei sind meist die ⊸ **Eltern**. Doch es lohnt sich, sie zu überzeugen. Es gibt eine ganze Reihe von Argumenten, die für ein eigenes Tier sprechen. Argumente, denen auch Eltern zugänglich sind. Halte sie also alle parat, wenn du die Diskussion eröffnest. Z. B. kannst du auch vorschlagen, einen Hund oder eine Katze aus dem Tierheim zu holen. Das kostet wenig und appelliert an das elterliche Gewissen.
Übrigens: Eine gute Möglichkeit, Arbeit und Vergnügen an einem entsprechenden Tier zu testen, ist, ein solches von Freunden oder Bekannten in Urlaubspflege zu nehmen. Dann merkst du schnell, ob dir das Tier wirklich liegt.

Hautpflege

Damit du keine ⊸ **Pickel** oder gar ⊸ **Akne** bekommst, solltest du deiner Haut ein Minimum an Pflege und Reinigung angedeihen lassen. Dabei ist vor allem der Einsatz der chemischen Keule mit Vorsicht zu genießen.
Reinige dein Gesicht ein- bis zweimal täglich mit einer unparfümierten, milden, pH-neutralen Seife oder Lotion. Benütze dazu warmes Wasser, damit sich die Poren der Haut öffnen.

Spülst du mit kaltem Wasser nach, können sich die gereinigten Poren wieder schließen. Sonne ist übrigens ein prima Mittel zur Hautpflege. In Maßen (d. h. ohne Sonnenbrandfolgen) wirkt sie antiseptisch und ist ein gutes Mittel z. B. gegen ➔ **Pickel**.
Übrigens: Jungs bekommen nicht deshalb mehr Pickel als Mädchen, weil sie sich weniger waschen, sondern weil das männliche ➔ **Hormon** Testosteron auch die Talgproduktion der Hautdrüsen fördert.

Heroin

****

Heroin wurde früher als Schmerzmittel verwendet und entsprechend wirkt es auch: betäubend und abstumpfend. Heroin ist sehr teuer und führt bereits beim ersten Mal zur Sucht, von der man nur sehr schwer wieder loskommt. Zu hohe Dosierungen führen regelmäßig zum Tod von Süchtigen (»Der goldene Schuss«). Heroin kann geraucht, geschnüffelt oder wie in den meisten Fällen gespritzt werden. Viele Heroinabhängige infizieren sich aufgrund unsauberer Spritzen auch mit ➔ **Aids**. Heroin ist keine ➔ **Droge** zum Ausprobieren! Mit Heroin ruinierst du dein Leben!

Herpes

****

Wird teilweise noch als eine der ➔ **Geschlechtskrankheiten** abgehandelt, obgleich die Übertragung meist nicht beim Sex geschieht. Herpes wird durch einen Virus ausgelöst und kann bereits durch bloße Berührung übertragen werden. Meist

äußert sich Herpes durch einen einmaligen Bläschenausschlag an den Lippen, der ➜ **Scheide** oder dem ➜ **Penis**, der nach einer Woche abheilt und verschwindet. Der Virus bleibt aber in einigen Nervenzellen erhalten und kann später z. B. durch Sonne, Stress, Fieber oder ➜ **Menstruation** immer wieder neu ausgelöst werden. Gegen Herpes gibt es in Apotheken Cremes, die Juckreiz und Bläschen bekämpfen.
Also: Herpes ist keine Schande und keine problematische Krankheit, wenngleich ziemlich unangenehm für den Betroffenen.

HIV

➜ **Aids**

Hoden

Im männlichen Hodensack befinden sich zwei runde, bohnenähnliche »Perlen«, die man Hoden nennt. Bei einem Tritt zwischen die Beine sind sie mächtig zu spüren. Das Wachstum der Hoden ist bei Jungen in der Regel erstes Zeichen für den Beginn der ➜ **Pubertät**. Hin und wieder wächst ein Hoden schneller als der andere. Keine Panik! Das gleicht sich bis zum Erwachsenenalter wieder aus. Hängt ein Hoden etwas tiefer als der andere, ist auch das keine Missbildung. Die Natur hilft sich auf diese Weise selbst, damit die Hoden beim Laufen nicht ständig aneinander reiben. Das wäre gewiss nicht sehr angenehm, oder? In den Hoden wird ➜ **Testosteron** produziert. Dieses ➜ **Hormon** steuert die Entwicklung zum Mann. In früheren Jahren hat man durch Hodenentfernung bei kleinen Jungen deren späteren Stimmbruch verhindert. So behielten Sangeskünstler ihre hohe, klare Stimme. Und auch die Eunuchen, die Haremsdamen der arabischen Herrscher bewachten, waren solche kastrierten Männer. Ihr Sexualtrieb wurde durch die Hodenentfernung unterdrückt.

Homosexualität

Fühlt sich eine Person zu einem gleichgeschlechtlichen Partner hingezogen, spricht man von einer homosexuellen Beziehung.

Im Vergleich zu den als normal bezeichneten heterogenen Beziehungen zwischen gemischtgeschlechtlichen Partnern, gibt es homosexuelle Paare relativ selten. Dennoch kannst du möglicherweise an dir die Neigung zum gleichen Geschlecht feststellen. Deshalb bist du nicht schlechter als andere. Lerne, deiner Familie oder Freunden als das gegenüberzutreten, was du bist.

Homosexualität darf heute kein Grund mehr sein, sich verstecken zu müssen. Du wirst dich wohler fühlen, wenn du kein Geheimnis daraus machst, da du dann weniger mit den unpassenden Rollenerwartungen konfrontiert wirst. Trotzdem musst du immer damit rechnen, deswegen blöd angemacht zu werden. Versuche dich keinesfalls zu rechtfertigen, das hast du nämlich gar nicht nötig. Rechtfertigen müsste sich derjenige, der deine Gefühle nicht respektiert.

Hormone

****

Hormone sind chemische Substanzen, die deinen Körper steuern (auch Tiere und Pflanzen produzieren Hormone). Sie sind der Auslöser für die körperlichen Veränderungen, die du in der Pubertät durchlebst. Die Lebensweise dieser Teilchen unterscheidet sich kaum voneinander, deren Funktion dagegen enorm. Sämtliche Hormone werden in den endokrinen Drüsen deines Körpers produziert. Über das Blut gelangen sie an die Stellen, deren Funktionsinfo sie tragen. Das Hormon Prolactin z. B. hat der Leber, der Niere und dem Magen nicht viel zu melden. Landet es allerdings in den Milchdrüsen der Frau, so kommen diese ordentlich auf Touren und produzieren Muttermilch bis zum Abwinken.
Manche Hormone wirken auch auf das Gehirn und damit auf deinen seelischen Zustand. Es gibt sogar richtige kleine »Glückshormone«, die deinem Kopf signalisieren, dass du unsterblich verliebt bist. → **Östrogen**, → **Testosteron**

Hunger

****

Wenn du dich gerade in der Pubertät befindest, wirst du dieses Gefühl recht gut kennen. Keine Angst, du leidest deshalb noch lange nicht an → **Fresssucht** (Bulimie). Für deinen durchgeknallten Hormonhaushalt und das Wachstum fordert dein Körper nun mehr Energie als bei einem ausgewachsenen 40-jährigen, schreibtischgefesselten Finanzbeamten. Jungs verbrauchen jetzt so um die 3000 Kalorien am Tag, Mädchen rund 800 Kalorien weniger. Eine Stunde Sport pro Tag steigert den Energiebedarf um weitere 1000. Wer mehr Kalorien zu sich nimmt, als er verbraucht, wird dick. Und wer zu wenig Vitamine und Mineralien zu sich nimmt, wird krank. Deshalb ist eine ausgewogene **Ernährung** besonders wichtig. Grundsätzlich kannst du aber davon ausgehen, dass dein Körper selbst ganz gut weiß, was er braucht. Verspürst du richtigen Hunger (nicht nur Gelüste), solltest du etwas essen. Achte jedoch darauf, dass du langsam isst und kaust. Denn nur so hat dein Körper die Chance, dir rechtzeitig zu signalisieren, dass du satt bist. Das ist ihm erst nach ungefähr einer Viertelstunde möglich. Isst du dagegen schnell und hektisch, stopfst du unnötigerweise viel mehr in dich hinein, als nötig wäre. Bis dich schließlich deine Unvernunft zu einer echten **Diät** zwingt. Das muss wirklich nicht sein.

Hygiene

Körperliche Sauberkeit ist eigentlich immer angesagt. Zwar musst du dazu auf der einen Seite kostbare Zeit verschwenden, auf der anderen Seite kann man dich dann eher riechen, du wirst nicht so schnell krank und hast mehr Chancen, dich dem anderen Geschlecht zu nähern.

In der Pubertät gilt es bei vielen, vor allem bei Jungs, als besonders cool, so lange wie möglich jedem Seifenstück und jedem Wasserspritzer auszuweichen. Doch gerade jetzt ist Hygiene besonderes wichtig. Bedingt durch die Hormonveränderungen in deinem Körper ist es wahrscheinlich, dass du gerade jetzt besonders unreine Haut hast, zu **Pickeln** neigst, ultrafettige Haare hast und ganz enorm schwitzt.

Also: Waschen tut nicht weh, kostet fast nichts und steigert deine Attraktivität um 500 Prozent. Daher gehören **Haar-, Haut-** und Zahn**pflege** zu den absoluten Basics für Teenager.

Hymen

Das Hymen wird zu deutsch auch Jungfernhäutchen genannt. Früher glaubte man, dass durch ein gerissenes Hymen der voreheliche Geschlechtsverkehr einer Frau sicher bewiesen werden konnte. Demzufolge kontrollierte der Brautvater vor der Hochzeit seiner Tochter deren Jungfräulichkeit in aller Öffentlichkeit ...
Heute weiß man, dass das Hymen weitaus häufiger beim Sport reißt als beim Geschlechtsverkehr. Nicht immer spürt die Frau etwas dabei. Manche vergleichen das kurze Reißen mit dem Schmerz einer Muskelzerrung. Andere spüren nicht einmal das geringste Zichen. Und obendrein ist die Wahrscheinlichkeit bei Mädchen gar nicht so gering, ohne Jungfernhäutchen geboren zu werden.

Internat

Für viele → **Eltern** von chronisch versetzungsgefährdeten Schülern scheint das Internat eine hoffnungsvolle Erziehungshilfe und oft die vermeintlich letzte Rettung. Manch einen Teenager trifft die Anmeldung im Internat wie ein Blitz aus heiterem Himmel.
Auf den ersten Blick mag es ein schwerer Schock für dich sein. Es scheint, als wollten dir deine Eltern alles nehmen: deine gewohnte Umgebung, deine Freunde, dein geordnetes Leben. Doch in Ruhe betrachtet präsentiert sich die ganze Angelegenheit in anderem Licht. Wirf dich auf dein Bett, dreh die Musik auf und versuch einmal ganz gelassen nachzudenken. Spürst du nicht den gewissen Reiz, den Hauch von Abenteuer?

In einem modernen Internat fühlen sich die Lehrer VERANTWORTLICH für deinen Erfolg. Sie schikanieren dich nicht, sie helfen dir. Schulnöte werden garantiert besser. Und neue Freunde findest du in Rekordgeschwindigkeit, weil auch die anderen Schüler darauf angewiesen sind. Alle ehemaligen Internatsschüler berichten, dass Beziehungen zu Freunden um ein Vielfaches intensiver sind und auch nach der Schulzeit länger andauern.
Die Internate von heute haben mit den Zuchtanstalten vergangener Generationen nichts mehr gemein. Die Lehrer sind meist wesentlich qualifizierter, die Umgangsformen lockerer als in der Regelschule. Natürlich sind Internate kein Paradies, aber doch wesentlich näher dran als die Schulfabrik XY.

Inventurhilfe

Jedes Jahr müssen alle Handelsfirmen und Kaufhäuser die so genannte Inventur durchführen. Das heißt, dass jeder einzelne Artikel aus deren Warenbestand ermittelt werden muss. Für diese Warenzählung kann das Kaufhaus natürlich nicht eine Woche geschlossen werden, bis die wenigen Verkäuferinnen sämtliche Schräubchen und Garnrollen durchgezählt haben. Die Inventur wird deshalb meist an einem einzigen Tag (manchmal inklusive Nacht) mit vielen Honorarhelfern durchgezogen. Bei diesen Jobs werden meist auch Schüler gerne eingesetzt. Zwar ist es kein Dauerjob, aber es ist nicht auszuschließen, dass du bei guter Arbeit jedes Jahr wieder mit Freuden angeheuert wirst.

Jungfernhäutchen

→ **Hymen**

Klamottenfinanzierung

→ **Eltern** haben manchmal merkwürdige Einstellungen. Für sie ist Jeans gleich Jeans. Sie können eine 08/15-Tüte nicht von einer echten 501 unterscheiden. Klar, dass sie dann auch nicht verstehen können, warum du ohne eine Kulthose in der Schule megaout bist. Anstelle des angesagten, aber teuren Teils würden sie lieber vier andere Hosen kaufen.

Natürlich kann niemand von dir ehrlich verlangen wollen, dass du deine Garderobe aus dem Altkleidersack zusammenstellst. Aber einen gewissen finanziellen Rahmen solltest du bei deinen Wünschen auch nicht sprengen. Sonst ist es nur wenig verwunderlich, wenn du gegen verschlossene Türen rennst.

Anstatt dich bei jedem Klamottenkauf wieder grün und blau zu ärgern, solltest du es vielleicht vorziehen, mit deinen Eltern in Finanzverhandlungen zu treten. Rechnet einmal aus, was deine Eltern bisher durchschnittlich für deine Klamotten ausgeben. Schlag ihnen vor, ungefähr diesen Betrag auf deine Taschengeldsumme aufzurechnen. So kannst du dich in Zukunft selbst um deine Klamotten kümmern. Jetzt liegt es zumindest in deiner Entscheidung, ob du dir zwei billigere oder eine teure Jeans kaufst. Bei guter Einteilung kannst du dir dann auch so manches edle Teil leisten.

! Ein **Tipp:** Suche dir einen → **Nebenjob**, um eigenes Geld zu verdienen. Wenn du einen großen Teil der Kosten selbst beisteuerst, dann lassen sich fast alle Eltern erweichen, den Rest draufzulegen.

Klitoris

Auch Kitzler genannt. Ein kleiner Knubbel im vorderen Teil der ➺ **Scheide**. Er ist zwar nicht sehr groß, aber mit unzähligen Nerven bestückt. Dadurch wird er zur sensibelsten Stelle des weiblichen Körpers. Genau wie der ➺ **Penis** kann auch die Klitoris unterschiedlich groß sein, was jedoch keinen Einfluss auf die sexuelle Stimulation hat.

Knutschflecke

Ein Knutschfleck ist für manche eine Art drastischer Liebesbeweis. Er entsteht durch allzu heftiges Saugen an einer Hautstelle. Das Ergebnis ist ein heftiger Bluterguss, der tiefblau bis bräunlich schimmert.

Auch wenn es unter Jugendlichen nahezu »in« ist, sein Dasein mit einem »ewigen Knutschfleck« zu verbringen, solltest du deinen Freund oder deine Freundin doch fragen, was er/sie davon hält, bevor du zum Saugen ansetzt. Nicht jede Beziehung überlebt einen ungewollten Knutschfleck.

Um einen Knutschfleck zu verbergen, wird er am besten mit einem Stück Stoff auf der betroffenen Hautstelle verdeckt (auch wenn der Rollkragenpulli an heißen Sommertagen etwas unpassend erscheint). Ein wenig kann man den Fleck auch überschminken, aber das geschulte Auge von Müttern lässt sich kaum täuschen.

Kokain

Kokain ist ein weißes Pulver, das aus den Blättern des südamerikanischen Coca-Busches gewonnen wird. (Obwohl er der Coca-Cola den Namen gab, ist in Cola natürlich kein Kokain enthalten.) Kokain wird geschnüffelt. Einem kurzen Höhenflug folgt dann eine lang andauernde Depressionsphase. Kokain macht schnell süchtig, zerstört das Gehirn und die Schleimhäute – und ist unheimlich teuer. Von der Sucht in die Kriminalität ist es deshalb nur ein kleiner Schritt, schließlich will das Geld für die → **Drogen** beschafft werden. Da Kokain bei JEDEM Gebrauch das Gehirn schädigt, sollte diese Droge nur derjenige »ausprobieren«, der keinen Wert auf ein funktionierendes Oberstübchen legt.

Kondom

Ein Kondom ist eine schlauchartige Hülle aus dünnem, aber sehr reißfestem Gummi. Sie wird über den → **Penis** gestülpt und sorgt dafür, dass beim Geschlechtsverkehr kein → **Samen** in die → **Scheide** eindringen kann. Kondome gibt es in Apotheken, Drogerien, in manchen Supermärkten und Warenhäusern. In Kneipen- und Discotoiletten stehen sehr häufig Kondom-Automaten. Mit dem passenden Kleingeld kommst du dort am diskretesten zu deinem ersten Päckchen. Darin befindet sich auch eine ausführliche Bedienungsanleitung. Wenn du klug bist, probst du das Anlegen zunächst einmal zu Hause im stillen Kämmerlein. Wäre doch schade, wenn es im Ernstfall nicht klappt?
Und für die Benutzung beim Geschlechtsverkehr brauchst du

das Kondom nicht heimlich überzustülpen. Frage stattdessen deine Partnerin, ob sie dir helfen will. Manche Mädchen finden das sehr erregend.
Übrigens: Ein Kondom schützt am effektivsten vor der Übertragung von Geschlechtskrankheiten und insbesondere
→ **Aids**. Verzichte also bei einem neuen Partner/einer neuen Partnerin in jedem Fall auf Geschlechtsverkehr OHNE Kondom. Ratsam ist es deshalb – für Jungen wie für Mädchen –, stets Kondome in der Tasche zu haben.

Körpergröße

→ **Wachstum**

Körperpflege

→ **Hygiene**

Körperveränderungen

→ **Pubertät**

Küssen

Küssen ist keine komplizierte Geheimwissenschaft. Küssen kannst du auch ohne Erfahrung – vielleicht ist diese Fähigkeit tatsächlich angeboren?! Auch der Zungenkuss, bei dem der Mund geöffnet bleibt und die Zungen miteinander spielen, wird dir deshalb mühelos gelingen.

Übrigens: Nicht erst als Teenager bist du alt genug, um zu entscheiden, von wem und wann du geküsst werden willst. – Und vom wem und wann nicht! Wenn du also etwas gegen Großtante Bertas Sabberkuss beim Kaffeekränzchen hast oder dir die übertriebene Intimität eines Freundes deiner Eltern zuwider ist, dann sag das auch – freundlich, aber bestimmt!

Laune

Als Teenager bist du bis zum Stehkragen voll gepumpt mit durchgeknallten, gemeingefährlichen → **Hormonen**. Kein Wunder, dass du dich ständig zwischen »himmelhoch jauchzend« und »zu Tode betrübt« befindest. Die Laune eines Durchschnittsteenagers schwankt täglich mindestens ein Dutzend Mal zwischen »Mann, bin ich super!« und »Ich finde mich zum Kotzen!«. Du bist also völlig NORMAL! Manche Jugendliche machen sich über alles Sorgen: über ihr Aussehen, ihre Zukunft, ihre → **Freunde**, ja selbst über ihre innersten Gedanken.
In diesen Phasen hilft nur die Erkenntnis: »Es geht auch wieder aufwärts. Garantiert.« Und es hilft zu wissen, dass auch alle deine Freunde an solchen Selbstzweifeln leiden. Glücklicherweise können sie nicht deine Gedanken lesen. Deshalb halten sie mit Sicherheit viel mehr von dir, als du denkst.
Und wenn deine Laune einmal völlig im Keller ist, dann gibt es ein Wundermittel: Action! Eine Runde Laufen, Kicken, Basketball, Skaten ... Was auch immer. Hauptsache, der Puls geht hoch und spült den Frust raus.

Lehrer

Wer davon betroffen ist, weiß, dass auch Lehrer je nach Typ und Fach zu den kleinen Ärgernissen oder den versetzungsgefährdenden Großkatastrophen gehören können. Entgegen der allgemeinen Einstellung meinen sie es nicht immer nur gut mit dir, bereiten sie dich nicht unbedingt auf das Leben vor, sind sie nicht stets gerecht. Wahr dagegen ist: Auch Lehrer sind Menschen. Und sie haben ebenso ihre Launen, Sorgen und Psychosen.

Wenn du mit einem Lehrer überhaupt nicht klarkommst, dann lasse dich keinesfalls auf einen totalen Krieg ein. Den wirst du nämlich verlieren. Dafür hat dein Gegenüber mehr Erfahrung und vor allem mehr Machtinstrumente. Nützen auch Gespräche nichts, hilft lediglich das unauffällige Abtauchen und stille Leiden. Ein Trost: Auch das ist eine Vorbereitung aufs Leben, denn im Beruf wirst du früher oder später auch mit Vorgesetzten konfrontiert, die ausgemachte Ekelpakete sind. Nimms leicht! Wenn du überlebst, hast du gewonnen.

Liebe

Das ist es. DAS Gefühl schlechthin. Wenn er/sie dir nur flüchtig in die Augen blickt, schmilzt du dahin wie Eis in der Frühlingssonne. Du bekommst Herzflattern, redest dummes Zeug, leidest unter Appetitlosigkeit und kannst an nichts anderes mehr denken. In deinem Hirn herrscht gähnende Leere und in deinem Bauch drehen drei Dutzend Flugzeuge Loopings. Glückwunsch: DU BIST VERLIEBT!

Doch damit geht der Stress erst richtig los. Leider, leider

(Riesenseufzer) knallt der Liebesblitz meist nicht gleichzeitig in die Herzen beider Beteiligter. Deshalb ist einseitige Liebe weitaus verbreiteter als der Idealzustand, in dem beide Partner nahezu gleichzeitig schlagartig und tiefgreifend ihre Liebe zueinander entdecken. Das gibt es meistens nur in mittelmäßigen Hollywoodfilmen.
Liebe ist immer auch ein Kampf um Anerkennung, um Erwiderung und um Gegenseitigkeit. Wenn du jemanden liebst, dann solltest du dafür sorgen, dass er es auch erfährt. Oder willst du die nächsten dreißig Jahre einsam und unerkannt dahinschmelzen? Lächle das Objekt deiner Liebe bei jeder Gelegenheit an, flirte (➜ **Flirt**). Das Schlimmste, was dir passieren kann, ist eine Abfuhr. Immerhin bleibt ein klitzekleiner Trost: Du hast um nichts weniger als vorher.

Liebesbrief

Seit Jahrhunderten ist er der beliebteste aller Liebesbezeugungen. Einmalige Momente der Dichtkunst haben wir den Briefen von schmachtenden Liebenden vergangener Zeiten zu verdanken. Nichts ist schöner als ein paar hingekritzelte Zeilen deines Schwarms auf einem Zettel in deiner Jackentasche zu finden.
Der Text eines Liebesbriefes ist eher sekundär und bedarf daher nicht vieler Seiten. Im Gegenteil! Viel wichtiger ist das Signal, das besagt: »Ich mag dich! Ich denke an dich!« Dafür braucht es nur wenig oder keine Worte. Es ist mit keinem Geld der Welt aufzuwiegen. »Liebesbriefe« sind Liebesbeweise jeglicher Art. Und davon kann es nie zu viele geben. Auch eine hübsche Gartenblume am Lenker des geparkten Mofas spricht die Sprache der Liebe.

Übrigens: Gar nicht so gut sind Liebesbriefe während des Unterrichts. Oder hast du Lust, dass die halbe Klasse deine schmachtende erotische Lyrik heimlich mitliest? Und am Ende wird sie von deinem Lehrer triumphierend einkassiert, um deine Worte in der großen Pause zur allgemeinen Erheiterung im Lehrerkollegium zur Vorlesung zu bringen ...

Liebeskummer

Plötzlich ist alles vorbei. Der Traum deines Lebens, dein ein und alles ist weg, hat dir den Laufpass gegeben, dich verlassen, am Ende schon mit jemand anderem angebändelt. Und du stehst da, starrst dumpf vor dich hin, weil nicht einmal mehr Tränen kommen. Du hast dich leer geweint, bist dir sicher, dass du nie, nie wieder in deinem Leben auch nur ein Lächeln auf deine Lippen zwingen kannst.

Liebeskummer tut weh. Immer. Es ist ein Sturz ins Bodenlose, ein herber Verlust. Dabei bist du dir absolut sicher, dass du nie wieder so intensive Gefühle für einen Menschen aufbringen kannst.

Du kannst! Und du wirst! Liebeskummer ist eines der wenigen Leiden, gegen das es keine Medikamente gibt. Allein die Zeit kann diese Wunden heilen. Das klingt zwar kitschig, ist aber so. Nach dem Schock und der Verwirrung folgt meist unbändige Wut. Dann kommt die Zeit, in der du immer weniger an deinen Partner denkst, weil dich der Alltag wieder eingeholt hat. Die einzelnen Phasen können unterschiedlich lange dauern. Und du musst sie alle durchlaufen. Eine davon überspringen zu wollen funktioniert nicht.

Am Ende stehen einige wertvolle Erfahrungen, ein Prozess seelischer Reife und ganz sicher eine neue Chance.

! **Tipp:** Besorg dir einen billigen Stempel »ERLEDIGT« im Bürofachhandel. Im Ernstfall schnappst du dir sämtliche Fotos deines/r »Ex« und knallst den Stempel volle Kanne in die Visage. Basta! Aus! Vorbei! (Das hilft wirklich.)

Magersucht

Magersucht, wissenschaftlich Anorexie genannt, ist eine besonders schwere Essstörung, an der fast ausschließlich Mädchen leiden. Magersucht ist ein krankhafter Schlankheitswahn. Die Betroffenen halten sich selbst auch dann für viel zu dick, wenn sie bereits absolut mager sind. Magersüchtige Mädchen essen fast nichts und können schließlich so untergewichtig sein, dass ihre Gesundheit ernstlich gefährdet ist. Setzt zusätzlich die ➜ **Periode** aus, gerät der Hormonhaushalt völlig durcheinander. Eine unbehandelte Magersucht kann sogar bis zum Tode führen, denn Magersucht ist ➜ **Selbstmord** auf Raten. Magersüchtige benötigen dringend professionelle Hilfe eines Psychologen, ihre Krankheit darf auf gar keinen Fall bagatellisiert werden.

Marihuana

➜ **Cannabis**

Masturbation

➜ **Selbstbefriedigung**

Menstruation

➾ **Periode**

Missbrauch, sexueller

Ein Thema, über das heute geredet wird. Das heißt nicht unbedingt, dass die Anzahl der Fälle von sexuellem Missbrauch so enorm gestiegen wären. Tatsache ist, dass ein Tabu aufgebrochen wurde und die Geheimnistuerei endlich ein Ende hat.
Es ist ziemlich mies, wenn eine Person ihr sexuelles Verlangen gegen den Willen des Partners befriedigt. Resultat ist die ➾ **Vergewaltigung**.
Sexueller Missbrauch findet vor allem im näheren sozialen Umfeld des Missbrauchten statt, d. h., die Täter sind meist in der Familie, unter Verwandten oder Bekannten zu suchen. Schweigen aus Scham ist nicht angebracht! Du solltest unbedingt professionelle Hilfe in Anspruch nehmen.

Mobbing

Kennst du das? Plötzlich hackt die halbe Klasse auf einem Mitschüler herum. Hinter vorgehaltener Hand werden wahre, halbwahre und erfundene Details über den Betroffenen geflüstert. Mobbing ist eine der ekligsten Angelegenheiten überhaupt. Manchmal sind es nur gemeine ➾ **Gerüchte**, in schwerwiegenderen Fällen werden die Betroffenen nach allen Regeln der Kunst fertig gemacht. Gemobbt werden hauptsächlich schwache Persönlichkeiten. Schwache sind die Opfer,

weil sich an Starke niemand herantraut. Schwach sind aber auch die Mobber selbst. Ihnen fehlt es an Mumm, sich direkt mit ihrem Opfer auseinander zu setzen. Deshalb solltest du dich nie, nie, NIE an Mobbing-Versuchen beteiligen. Mobbing ist unfair, fies, hinterhältig und gemein.
Stattdessen solltest du dich auf die Seite des Opfers schlagen und dagegen angehen. Biete deine Hilfe und Unterstützung an und argumentiere laut. (»Los, Gerald, jetzt erkläre Jasmin mal, warum du allen erzählst, sie wäre eine arrogante Zicke.«) Drei solcher Situationen und die Obermobber ziehen sich zurück.
Es gibt kaum ein schöneres Erfolgserlebnis als eine Horde Möchtegernmobber zu zähmen. Probier es doch aus.

Nachhilfelehrer

Immer mehr Schüler haben Schwierigkeiten, dem Lehrstoff zu folgen. Aufgrund dieser Tatsache haben sich zahlreiche Unternehmen auf Nachhilfe in allen Variationen spezialisiert. Doch diese Gruppenangebote sind meist wenig effektiv und obendrein recht teuer.
Ältere Schüler oder Studenten, die sich nachmittags eine intensive Einzelbetreuung leisten können, werden deshalb als Billiganbieter gerne bevorzugt.
Könnte das nicht ein → **Nebenjob** für dich sein? Auch wenn du nicht zur Elite deines Jahrgangs gehörst, der Unterrichtsstoff deines Lieblingsfachs von vor zwei bis vier Jahren dürfte dir keine Probleme bereiten. Und wenn du wirklich einmal etwas nicht weißt? Lächle geheimnisvoll und knurre: »Das, mein(e) Liebe(r), solltest du eigentlich selbst herausbekommen, wenn du deine Schulbücher aufmerksam liest. Morgen verrätst du mir die Lösung ...« Du solltest dich dann jedoch

abends ebenfalls dieses Problems annehmen und die Lösung finden.

Seriosität ist allerdings Pflicht in diesem Metier. Du solltest deshalb bei der Jobsuche auf deine Klamotten und dein Auftreten achten, wenn du erfolgreich sein möchtest.

Nebenjob, welcher

Egal, wie deine Spartricks aussehen, irgendwann kommt der Zeitpunkt, da dir nur noch ein Nebenjob aus deiner chronischen Finanzmisere heraushilft.

Die Auswahl hierfür ist theoretisch groß. In der Praxis aber ist es dann doch nicht immer so einfach, das richtige Angebot zu finden. Manche Nebenjobs bringen viel Kohle, andere weniger. Manche sind beinhart, bei anderen schiebst du eine ruhige Kugel. In dem einen oder anderen Fall wird ein Mindestalter verlangt.

Hier die beliebtesten Nebenjobs:

- **Babysitting**
- *Einkaufsdienste*
- **Inventurhilfe**
- **Nachhilfelehrer**
- *Putz- und Räumhilfe*
- **Straßenkünstler**
- **Zeitungsausträger**

Hast du erst einmal die passende Beschäftigung angepeilt, stellt sich die Frage, wie du nun weiter vorgehst.

Für die angestellten Tätigkeiten (Inventurhelfer, Zeitungsausträger) musst du einfach die entsprechenden Branchen abklappern.

Bei den selbständigen Tätigkeiten (Babysitter, Nachhilfelehrer) hilft nur eines: Werbung in eigener Sache. Und vergiss in keinem dieser Fälle, rechtzeitig eventuell notwendige Genehmigungen für dein Vorhaben einzuholen oder amtliche Meldung zu machen.

Nebenjoberlaubnis

Auch wenn dir deine ➜ **Eltern** die regelmäßige finanzielle Zuwendung nach den allgemeinen Tarifbedingungen bezahlen, kann mit dem ➜ **Taschengeld** allein wohl kaum ein Jugendlicher ernsthaft klarkommen.

Vielleicht hilft dir ein radikales Sparprogramm ja weiter. Wenn nicht, solltest du versuchen, deinen Finanzen mit einem Nebenjob etwas auf die Sprünge zu helfen.

Aber: Je nach Land gibt es heute Mindestalter und weitere Einschränkungen auch für Nebenjobs Jugendlicher. In Deutschland gilt zum Beispiel für Jugendliche unter 14 Jahren ein generelles Beschäftigungsverbot. Aber auch Ältere dürfen nicht nachts arbeiten und bestimmte, risikoreiche oder körperlich extrem anstrengende Tätigkeiten werden ganz ausgeklammert.

Ab dem gesetzlichen Mindestalter aber steht dir diesbezüglich die Welt offen. Immer brauchst du aber das Einverständnis deiner Eltern. Ohne diese geht nichts!

Also gilt es, Verhandlungen aufzunehmen. Eine gute Vorbereitung ist Grundlage jeder Debatte. Du solltest möglichst genau wissen, was du machen willst und was du mit dem Geld vorhast. Je »vernünftiger« deine Pläne sind, desto leichter fällt es deinen Eltern, zuzustimmen.

Orgasmus

So nennt man den Höhepunkt und für viele das Ziel des ➾ **Geschlechtsverkehrs**. Im Idealfall kommen beide Partner gleichzeitig zum Orgasmus, bei dem der Körper von einer geballten Ladung Glückshormone durchgeschüttelt wird. Der wohlige Zustand hält unterschiedlich lange an, bei Jungen wird er meist von einer ➾ **Ejakulation** begleitet, bei Mädchen von heftigen Zuckungen der Vagina.
Allerdings sieht die Praxis meist anders aus. Selbst Paare, die viel Erfahrung mit gemeinsamem Sex haben, gelangen fast nie zum gemeinsamen Orgasmus. Oft kommt einer der Partner wesentlich früher als der andere. Manchmal überhaupt nur einer. Das ist KEIN Problem und schon gar kein Ausdruck dafür, dass einer der Beteiligten VERSAGT hat. Sex ist auch ohne Orgasmus schön. Es gibt sogar Beziehungen, bei denen einer von beiden nie zum Orgasmus kommt und dennoch ein befriedigendes Sexualleben hat.
Bei weniger erfahrenen Partnern passiert es oft, dass Jungs zum Orgasmus kommen, noch bevor das Mädchen überhaupt etwas davon hat. Dann empfiehlt sich eine kleine Schmuse- und Streichelpause. In der zweiten Runde dauert es meistens erheblich länger.
Übrigens, für alle Möchtegern-Machos: Sex ist kein Wettrennen. GEWONNEN hat nicht derjenige der Partner, der zuerst zum Orgasmus kommt. Das macht keine Frau lange mit!

Östrogen

Das weibliche Gegenstück zum ➾ **Testosteron**. Ein ➾ **Hor-**

mon, das für das Wachstum der weiblichen Geschlechtsorgane, aber auch für den Eisprung und damit die Regelblutungen verantwortlich ist. Schlucken Männer Östrogene, werden sie zwar trotzdem nicht schwanger, aber beispielsweise wird das Wachstum der Brüste dadurch angeregt. Östrogen ist auch ein Inhaltsstoff der ➾ **Pille**. Mit ihm lässt sich die weibliche Empfängnisbereitschaft steuern.

Party

Du hast Lust auf deine erste eigene, richtige, coole Teenagerparty? Das ist eine Supersache. Es gibt gelungene Partys, die alle genießen. Partys, die weder das Haus in ein Schlachtfeld noch die ➾ **Eltern** in psychische Wracks verwandeln.
Allerdings gibt es auch eine Menge Partys, bei denen irgendetwas gründlich schief läuft. Meistens hat dies weniger mit den Gästen als mit deren Zahl und der Vorbereitung zu tun.
Bei zwölf Jugendlichen, die nach der Party mit Luftmatratze und Schlafsack in einem großen Kellerraum übernachten, wird es kaum wilde Orgien geben. Deine Chancen zur Genehmigung des Unternehmens erhöhen sich enorm, wenn deine Eltern einen Großteil der Gäste kennen. Sind deine Eltern zur »Tatzeit« im Hause, erhöht diese Tatsache bei den Eltern deiner Freunde die Legalität der Veranstaltung. Dann darf es oft etwas länger gehen.
Lass dir deine Partystimmung nicht mit ➾ **Drogen** und hartem ➾ **Alkohol** killen. Was als Mutprobe beginnt, endet oft im Desaster. Kläre deshalb vorher mit deinen Gästen und deinen Eltern, wie ihr es mit dem Rauchen und mit Alkohol halten wollt.
Wirf allen Nachbarn, die vielleicht gestört werden könnten,

ein liebes Kärtchen in den Briefkasten. Entschuldige dich für die eventuelle Lärmbelästigung und teile mit, wann die Party aufhört oder zumindest auf Zimmerlautstärke heruntergefahren werden soll. Teile außerdem eure Telefonnummer mit (falls es doch zu unerträglich werden sollte). Besser die Nachbarn pfeifen dich an, als dass plötzlich die → **Polizei** vor der Tür steht, oder?
Übrigens: Als Gastgeber hast du auch Verantwortung. Kein Gast soll daher im Suff mit dem Moped oder dem Auto nach Hause fahren. Organisiere stattdessen die Abholung, eine Mitfahrgelegenheit oder ein Bett.

Partygast

Es ist immer klasse, dabei zu sein und dazuzugehören. Doch mit der Einladung beginnt manches Mal auch der Stress. Sind deine Eltern einverstanden? Darfst du dort übernachten? Wird ein Geschenk erwartet? Welche Klamotten sollst du anziehen? Alles kein Problem! Jedes Fettnäpfchen ist auch zu umgehen. Check gleich bei der Einladung ab, ob eine Übernachtung vorgesehen ist und ob du Getränke/Salate o. Ä. mitbringen sollst. Routinierte Gastgeber teilen dir diese Facts ohnehin schon von sich aus mit.
Klamottenmäßig liegst du immer richtig, wenn du das anziehst, was du immer trägst. Vielleicht eine kleine Spur schicker oder fetziger. Schließlich weiß der Einladende, wen er einlädt. Wenn du mit deinem Stil völlig danebenliegen würdest, hättest du auch keine Einladung bekommen.
Geschenke sind an sich ziemlich out. Bei einer Geburtstagsfete ist ein Geschenk allerdings angebracht. Immer richtig liegst du mit einem nicht zu teuren, aber völlig abgefahrenen

Präsent. Das kannst du (ganz nach Partystimmung) sowohl als stilvolles Unikat oder auch als witzigen Partygag verkaufen. Das bringt garantierte Lacher und dich außerdem bei der Übergabe umgehend in den Mittelpunkt des Interesses.
Wirst du uneingeladen zu einer Party abgeschleppt, solltest du klären, ob das vom Gastgeber auch toleriert wird. In solchen Fällen etwas im Hintergrund zu bleiben ist nie unangebracht. Nichts ist peinlicher als ein ungeladener Typ, der den Larry markiert.
Übrigens: Möchtest du an einer Party nicht teilnehmen, sag rechtzeitig ab. Wärst du umgekehrt nicht auch sauer, wenn deine Partygäste dich versetzen würden?

Penis

Der Penis ist nicht das einzige männliche Geschlechtsorgan – wohl aber das offensichtlichste – und jenes, das die meiste Beachtung bekommt, vor allem dann, wenn der Träger gerade mit einer völlig ungewollten, unnötigen und unpassenden → **Erektion** zu kämpfen hat. Nun aber zur Biologie: Zu den männlichen Geschlechtsorganen gehören noch → **Hoden**, Samenleiter und die Vorsteherdrüsen (Prostata). Im Innern des Penis befinden sich zwei Schwellkörper. Sie sind mit Blut gefüllt und richten – gesteuert durch → **Hormone** – den Penis auf, wenn der Besitzer sexuell erregt ist. Da bekanntermaßen in der Pubertät die Hormone verrückt spielen, passieren solche Erektionen eben auch zu den unmöglichsten Gelegenheiten.
Die Spitze des Penis, die Eichel, ist von einer schützenden Vorhaut umhüllt. In manchen Kulturen ist eine → **Beschneidung** der Vorhaut üblich. In der Pubertät wachsen meist erst die Hoden, dann der Penis. Die volle Betriebslänge ist mit etwa

16 bis 17 Jahren erreicht. Und: Die Länge im Ruhestand hat nichts mit der Länge bei einer Erektion zu tun. Und überhaupt zählen bei 99 Prozent aller Frauen Zärtlichkeit, Gefühl und Technik weit mehr als Zentimeter.

Periode

Begeistert davon ist kein Mädchen, aber es führt auch kein Weg vorbei. Die Monatsblutung ist ein Zeichen dafür, dass du in deiner körperlichen Entwicklung so weit fortgeschritten bist, dass du schwanger werden kannst. Ungefähr zwei Jahre nachdem deine Brüste zu wachsen begannen, setzt sie normalerweise ein. Die Periode, Mediziner sagen dazu Menstruation, ist eine Blutung, die durch die **Scheide** abfließt. Sie entsteht durch die Ablösung der Gebärmutterschleimhaut. In der Regel dauert sie drei bis fünf Tage, manchmal aber auch länger. Der **Zyklus** kann zwischen 20 und 35 Tagen liegen. In der Medizin geht man von 28 Tagen als Regelperiode aus. Bei manchen Frauen ist der Zyklus sehr regelmäßig, bei anderen wiederum schwankt er stark. Es ist auch nicht ungewöhnlich, wenn zwischen der ersten Periode eines Mädchens und der zweiten eine längere Pause liegt – manchmal sogar bis zu einem Jahr!

Der Verlauf der Periode kann nicht allgemeingültig beschrieben werden. Menstruationsbeschwerden verschiedenster Art sind bekannt: Von heftigen Rückenschmerzen über Übelkeit und Erbrechen bis hin zu Bauchkrämpfen reicht die bunte Palette. Leichte Schmerzen sind vielleicht auszuhalten, stärkere können mit Bettruhe und Wärme behandelt werden. Nach ärztlicher Absprache können bei starken Schmerzen auch Tabletten oder krampflösende Mittel Abhilfe schaffen.

P

Petting

Wenn du mit deinem Freund oder deiner Freundin eine Weile zusammen bist, kommt irgendwann der Zeitpunkt, an dem ihr eure Körper gegenseitig erforschen wollt. Wenn ihr beide dazu Lust habt, ist das eine prima Sache. Lasst euch ruhig Zeit für diese erregenden Berührungen und Liebesspiele ohne ➡ **Geschlechtsverkehr**, denn Petting macht Spaß und ihr lernt euch gegenseitig viel besser kennen.

Pickel

Keiner will sie, jeder hat sie und alle leiden darunter. Noch dazu haben sie die unangenehme Eigenschaft, immer im ungeeignetsten Moment an der übelsten Stelle aufzutauchen. Mit Vorliebe Freitagnachmittag direkt auf der Nasenspitze.

Wir sprechen hier von den ganz »normalen« Pickeln. Der Hardcore-Variante ➡ **Akne** haben wir ein eigenes Stichwort gewidmet. Diesen Teenagerpubertätsstandardpickeln begegnest du am besten mit bewährten Methoden: Regelmäßige Gesichtsreinigung mit einer pH-neutralen Seife oder Lotion und wöchentliches Auftragen einer so genannten Rubbel- oder Reinigungscreme. Durch das Ausdrücken verschwinden die Pickel nicht schneller und du solltest äußerst vorsichtig vorgehen. Wasch zunächst dein Gesicht mit heißem Wasser, bearbeite den Pickel mit einem Papiertaschentuch zwischen den Fingern (aber nicht stundenlang daran herumquetschen) und kühle die Stelle anschließend mit kaltem Wasser.

Übrigens: Pickel kannst du auch von innen bekämpfen, indem

du süße und fette Nahrung vermeidest und viel Obst und Gemüse zu dir nimmst.

Piercing

Das Piercing, sprich das Durchstechen nahezu aller Körperstellen mit Ringen und Knöpfen, erfreut sich immer größerer Mode.
Wenn du dich für ein Piercing entscheidest, solltest du dich zunächst bestens informieren. Ringe durch Nase oder Nabel sind meistens weniger problematisch, in Lippe, Zunge und Augenbrauen dagegen können sie gefährliche Folgen haben. Anders als bei → **Tätowierungen** lässt sich ein Piercing zwar relativ problemlos wieder entfernen, dennoch ist der Eingriff zu ernst, um ihn aus einer Laune heraus machen zu lassen.
Wende dich für ein Piercing nur an einen seriösen Experten. Freunde, mobile Stände an Festivals oder schmuddelige Hinterhofstudios sind absolut ungeeignet. Bei mangelnder Hygiene kannst du dir nicht nur üble Entzündungen, sondern eventuell sogar → **Aids** einfangen. Spätestens hier hört der Spaß auf!
In einem seriösen Studio wird dir auch genau erklärt, wie du dein Piercing anfangs pflegen musst, um eine Entzündung zu vermeiden.
Übrigens: Wenn du Sport treibst, solltest du dein Piercing an exponierten Stellen immer mit etwas Klebeband abdecken. Denn ein ausgerissener Ring an den Augenbrauen beschert dir einprägsame Schmerzen.

Pille

Die Pille ist ein prima Verhütungsmittel (➸ **Verhütung**) für Mädchen, die eine feste Beziehung haben. Sie bietet eine fast 100-prozentige Sicherheit und bedarf keiner Vorbereitung direkt beim Geschlechtsverkehr. Gleichzeitig wirkt sie beruhigend auf die ➸ **Periode**, was vor allem Mädchen, die unter starken Monatsblutungen oder Regelschmerzen leiden, helfen kann.

Die Pille besteht aus ➸ **Hormonen**, die einen Eisprung verhindern und so dafür sorgen, dass keine Eizellen für eine Befruchtung zur Verfügung stehen. Diese Hormone können in seltenen Fällen auch unerwünschte Nebenwirkungen wie Kopfschmerzen oder Übelkeit haben.

Allerdings ist die Pille nicht frei käuflich. Es gibt sie nur auf Rezept eines Frauenarztes. Wenn du also die Pille nehmen möchtest, solltest du dich in einem ausführlichen Gespräch vertrauensvoll an ihn wenden. Natürlich steht jeder Frauenarzt auch deinen Eltern gegenüber unter Schweigepflicht.

Eine Pille schützt aber weder vor ➸ **Geschlechtskrankheiten** noch vor ➸ **Aids**. Bei Sexualkontakt mit einem neuen Partner gehört das ➸ **Kondom** also trotzdem dazu.

Pleite

Was selbst bei großen Firmen und den besten Geschäftsmännern vorkommt, kann auch dir ohne weiteres blühen: die Pleite.

Du hast wirklich keinen Cent mehr in der Tasche und der nächste Zahltag ist noch eine ganze Woche entfernt. Das

Sparbuch ist geplündert. Sämtliche Kumpels sind entweder selbst pleite oder haben kein Vertrauen in deine Zahlmoral. Papa ist auf Dienstreise. Mama weigert sich in einem Anfall von pädagogischer Konsequenz, auch nur einen müden Euro auszuspucken.

Jetzt ist es Zeit für das absolute Notprogramm. Auch ohne Moos muss das Leben eines Teenagers nicht unbedingt eintönig sein. Wenn du etwas kreativ bist, wirst du staunen, was ohne Geld alles möglich ist.

Die **Schnorr-Taktik**: »Kannste mir vielleicht mal die Kinokarte löhnen?« (Klappt wahrscheinlich nicht allzu oft.)

Die **Krankheits-Taktik**: »Mensch, ist mir heute übel ...« (Spart eine Menge Geld, kann aber ziemlich öde werden und Arztbesuche nach sich ziehen.)

Die **Streber-Taktik**: »Ich kann nicht mit, ich muss unbedingt Vokabeln pauken.« (Schindet mordsmäßig Eindruck oder Mitleid und bringt vielleicht sogar bessere Noten.)

Die **Charmeur-Taktik**: »Wie wäre es mit einem Picknick im Grünen – nur wir zwei?« (Alles kostenlos – aber hoffentlich nicht umsonst!)

Die **Power-Taktik**: »Suche Job! Mache wirklich alles!« (Verzögert außerdem noch die nächste Pleite.)

PMS

→ **Prämenstruelles Syndrom**

Polizei

Die Polizei, dein Freund und Helfer? Ja, das gilt in jedem Fall. Teenager neigen jedoch dazu, mit den grünen Männchen eher unangenehme Erfahrungen zu machen. Schließlich ist eine Horde herumlungernder Mofafahrer immer eine potenzielle Mafiagang. Dazu kommt, dass die attraktivsten Freizeitvergnügen Jugendlicher meist zu den Dingen gehören, die zu verhindern polizeiliche Aufgabe ist.

Für den Fall also, dass du einmal zwei Herren mit grünem Jäckchen und autoritärem Blick gegenüberstehst, beachte folgende **Verhaltenstipps:**

Lauf nicht weg, werde nicht unverschämt und auch nicht beleidigend. Du musst nicht den Kriecher spielen, aber Provokationen bringen dich höchstens aufs nächste Revier. Zeig deine Papiere, wenn du dazu aufgefordert wirst. Wirst du jedoch schikaniert oder ungerecht behandelt, dann brauchst du nicht zu kuschen. Verlange die Ausweise der Beamten, um dir ihre Namen zu notieren (und eventuell auch die deiner Zeugen). So kannst du dich später offiziell beschweren.

Echte Polizeiübergriffe sind absolut selten. In der Regel sind die Herren froh, wenn du ihnen keinen Ärger machst. Sie wollen im Grunde auch nur ihre Ruhe haben. Wenn sie dich einkassieren, bedeutet dies auch für sie nur Papierkram. Mit sichtbarer Reue hast du deshalb bei kleineren Vergehen oft gute Chancen, mit ermahnenden Worten davonzukommen.

Prämenstruelles Syndrom

Das prämenstruelle Syndrom (PMS) ist keine Krankheit. Es ist vielmehr ein Zustand, unter dem viele Frauen leiden. Kurz vor der Periode verändert sich die Konzentration einiger ➜ **Hormone** im weiblichen Körper. Da die Hormone nicht nur den Körper, sondern auch die Psyche steuern, produzieren sie eine Menge »Nebenwirkungen«. Viele Frauen werden dann auf ein-

mal gereizt, übersensibel oder deprimiert. Sie stehen unter Stress und reagieren oft völlig ungewöhnlich und unberechenbar. Die Ausprägung des PMS ist dabei von Frau zu Frau sehr unterschiedlich.
Manchmal kann es in dieser Zeit sehr hilfreich sein, den Konsum von ➜ **Alkohol**, Kaffee und Zucker herunterzufahren. Übrigens: Jungs, deren Freundin unter PMS leidet, sollten sensibel und mit Verständnis reagieren.

Prüfungsangst

Unter Prüfungsangst leiden nach Schätzungen von Psychologen fast ein Viertel aller Menschen. Sie bringen unter Prüfungsdruck Leistungen, die weit unter ihrem üblichen Leistungsniveau liegen. Ein schwacher Trost für alle jene, die sich mit dem Problem herumschlagen.
Prüfungsangst ist sehr schwer abzubauen. Eine optimale Vorbereitung hilft da wenig. Nicht umsonst leiden gerade überdurchschnittlich gute Schüler besonders oft darunter.
Psychologen empfehlen, am Prüfungstag selbst keine Schulbücher mehr zu wälzen. Reg den Geist stattdessen durch körperliche Bewegung an. Oder versprich dir für hinterher eine Belohnung: von der lang ersehnten CD über ein Eis bis zum Kinobesuch. Wichtig: Diese Belohnung ist nicht ergebnisabhängig. Belohne dich einfach dafür, dass du die Prüfungssituation hinter dich gebracht hast. Mit diesen beiden Tricks wirst du schon bald viel gelöster in Prüfungen gehen.

Pubertät

Pubertät ist die Zeit, in der die ➜ **Eltern** schwierig werden. Die Bezeichnung kommt vom lateinischen »pubertas«, was im übertragenen Sinn »erwachsen werden« bedeutet. Die Pubertät setzt in der Regel zwischen dem 10. und 15. Lebensjahr ein, wobei Mädchen meist etwas früher davon betroffen sind als Jungen.

Das Erwachsen-Werden entwickelt sich auf zwei Ebenen: Zum einen verändert sich dein Körper, zum anderen deine soziale Rolle. Du willst und kannst nun mehr Verantwortung für dein eigenes Leben tragen. Damit kommen viele Eltern nicht klar, weshalb Schwierigkeiten vorprogrammiert sind. Die Pubertät ist also nicht allein DEIN Problem, sondern auch das deiner Eltern bzw. deiner Familie.

Deine wichtigsten körperlichen Veränderungen in der Pubertät:

- du wächst,
- die Form deines Gesichts verändert sich,
- die Schamhaare wachsen,
- Füße und Hände werden größer,
- die ➜ **Pickel** sprießen,
- bei Jungen wachsen die Muskeln, die Stimme wird tiefer, ➜ **Penis** und ➜ **Hoden** werden größer und der Bartwuchs beginnt,
- bei Mädchen wachsen die ➜ **Brüste**, die Hüften werden breiter und die ➜ **Menstruation** setzt ein.

Rauchen

Zigarettenrauch enthält 4000 verschiedene chemische Verbindungen, einschließlich der Killerdrogen Nikotin und Teer. Teer setzt sich in den Atemwegen fest und zerstört die Lunge irreparabel. Der Höhepunkt ist dann tödlicher Lungenkrebs. Nikotin ist eine waschechte → **Droge**, die süchtig macht. In seiner Reinform würde dich bereits ein einziger Tropfen dieses Giftes töten. In geringsten Mengen jedoch wie z. B. in Zigaretten erhöht es den Herzschlag, verengt die Blutgefäße und löst ein kurzes Glücksgefühl aus, dem dann ein langes seelisches Tief folgt. Hast du Zigaretten schon einmal unter diesem Aspekt betrachtet?
Rauchen ist weltweit die Todesdroge Nummer 1. Jeden Tag sterben auf der Welt fast 5000 Menschen an den Folgen des Rauchens. Willst du eines Tages auch dazu gehören? Nein? Dann lass es einfach. Du bist auch ohne Glimmstängel toll. Wahrscheinlich noch viel toller!
Übrigens: Es ist nicht nur deine Gesundheit, die leidet. Wer fahle pickelige Raucherhaut hat und ständig wie ein alter Aschenbecher riecht, der darf sich auch nicht wundern, wenn er beim anderen Geschlecht kaum zum Zuge kommt.

Regeln

Jede Gruppe braucht Regeln – also auch eine Familie. Auch bei euch gibt es eine Menge Regeln, die du bereitwillig akzeptierst. Festgelegte Essenszeiten z. B. gehören zu den organisationstechnischen Regeln im Alltag einer Familie. Diesen gegenüber stehen die Regeln mit pädagogischem Hintergrund.

Gemacht von den Erwachsenen sollen sie dazu dienen, dein Verhalten in gewünschte Bahnen zu lenken: wie viel ➜ **Taschengeld** wofür, wie viel Fernsehen wann, wie lange fortbleiben mit wem.

Die meisten dieser Regeln scheinen starr und unflexibel. Sie verändern sich nicht so, wie du dich veränderst, und lassen deshalb mit der Zeit unnötige Probleme zwischen Eltern und Kindern entstehen. Ein Gespräch mit deinen Eltern über diese Regeln kann helfen: Wie kam es dazu, dass eine bestimmte Regel eingeführt wurde? Welche Regeln sollten mit zunehmendem Alter der Kinder flexibler gehandhabt werden?

Übrigens ist es leichter, im allgemeinen Gespräch den tieferen Sinn einer Regel in Frage zu stellen und Änderungen oder Aufhebungen zu erreichen als im konkreten Streitgespräch.

! Ein **Tipp:** Biete zur Veränderung oder Abschaffung bestimmter Regeln eine »Probezeit« an. Verläuft diese Testphase zur Zufriedenheit deiner Eltern, tritt die neue Regelung endgültig in Kraft. (Natürlich musst du dich in dieser Probezeit besonders anstrengen, denn sonst verbaust du dir alle Chancen fürs nächste Mal.)

Samen

Sie werden in den ➜ **Hoden** produziert und in den so genannten Nebenhoden gelagert, bis sich eine Gelegenheit zur ➜ **Ejakulation** ergibt. Dabei gehen jedes Mal bis zu 600 Millionen kleine Samen auf die Reise. Wenn auch nur einer von ihnen den Weg zu einer weiblichen befruchtbaren Eizelle schafft – und das kann ohne Verhütung durchaus geschehen –, steht eine ➜ **Schwangerschaft** bevor.

Sobald ein Junge seinen ersten Samenerguss hatte – meist unbeabsichtigt, oft im Schlaf, kann er Kinder zeugen.

Sauberkeit

→ **Hygiene**

Scheide

Eines der weiblichen Geschlechtsorgane. Die Scheide oder auch Vagina besteht aus einem 8 bis 20 cm langen Schlauch aus Muskeln und Bindegewebe. Sie kann beim → **Geschlechtsverkehr** den männlichen → **Penis** aufnehmen. Am oberen Ende befindet sich die Gebärmutter, in die die befruchtungsfähigen Eizellen im Rahmen des → **Zyklus** wandern. Wenn zum richtigen Zeitpunkt hier eine der bei der → **Ejakulation** ausgestoßenen bis zu 600 Millionen → **Samen**zellen landet, dann sind die Chancen für eine → **Schwangerschaft** groß.

! **Tipp:** Wenn die Scheide stark juckt und eventuell sogar ein ungewöhnlicher Ausfluss entsteht, spricht alles für eine – gar nicht so seltene – bakterielle oder pilzbedingte Infektion. Das allerdings kriegt ein Frauenarzt meist rasch in den Griff. Deshalb: nicht schämen, sondern hingehen!

Laut Statistik sind inzwischen ein Drittel aller Familien in Deutschland so genannte Patchwork-Familien, das heißt durch Scheidungen wieder neu zusammengewürfelt. Der Verlust eines Elternteils ist für einen Jugendlichen immer eine schlimme Erfahrung mit oft traumatischen Folgen.
Sicher hast du einen Anspruch darauf, nicht vor vollendete Tatsachen gestellt zu werden. Oft genug jedoch sind beide Elternteile voll mit ihrem eigenen Kummer beschäftigt.
Dass diese schwierige Lebenssituation nicht im Lexikonstil abgehandelt werden kann, ist zwar klar. Dennoch gibt es einige hilfreiche **Tipps** als Sofortmaßnahmen:

- Rede dir nicht ein, dass die Trennung deiner Eltern mit deinem Verhalten zu tun hat. Im Gegenteil: Wenn ein Elternteil den anderen verlässt, fällt es ihm meist ungeheuer schwer, auch dich zu verlassen.
- Lass dich in keinem Fall als Schiedsrichter einsetzen. Deine Aufgabe ist es nicht, zu Gericht zu sitzen und ein Urteil darüber zu fällen, wer »Schuld« hat. Verweigere ganz bewusst jede Parteinahme.
- Stell nach Möglichkeit beiden Elternteilen (jeweils allein) Fragen, die dich beschäftigen. Trau dich! Du kannst die Situation nie verschlimmern, wenn du dich aktiv einschaltest.
- Such dir unbedingt einen unparteiischen Gesprächspartner, der auch zuhören kann.
- Scheue dich nicht, eine Beratungsstelle aufzusuchen, wenn dir danach zumute ist oder du nicht mehr weiterweißt. Dort kannst du getrost Hilfe erwarten.

Schikanen

Schikanen unter Kindern und Jugendlichen sind stark im Ansteigen. Immer höher wird die Zahl derjenigen, die unter Schmerzen und Demütigungen leiden und mit der ständigen Angst vor weiteren Übergriffen leben. Experten schätzen, dass fast ein Drittel aller ➾ **Selbstmorde** von Teenagern solche Schikanen durch Gleichaltrige als Ursache haben. Ganz gleich, ob du selbst Opfer bist oder die Belästigungen nur beobachtest: Nur wenn die Täter angezeigt werden, finden die Terrorisierungen ein Ende. Nützt das Einschalten von Eltern oder Schulleitung nichts, muss unbedingt die ➾ **Polizei** informiert werden. Jeder, der sich zu diesem Schritt durchringt, wird sich danach besser fühlen. Schikanen zu stoppen ist die Pflicht eines jeden und nicht allein das Problem des Opfers. (➾ **Mobbing**)

Schlaf

Schlaf ist eine absolute Lebensnotwendigkeit. Immerhin halten es Menschen dreimal länger ohne Nahrung als ohne Schlaf aus. Dabei ist der Schlafbedarf eines Teenagers noch höher als der eines Erwachsenen, weil sein Körper im Wachstum eine ungeheure Menge an Energie verbraucht. Im Schlaf kann dein Körper seine verbrauchte Energie zurückgewinnen. Dazu benötigst du jedoch durchschnittlich neun bis zehn Stunden Schlaf pro Tag bzw. Nacht.

Schnorren

Trotz → **Nebenjob**, Sparsamkeit und guter Haushaltsführung gibt es im Leben eines jeden Teenagers Momente, in denen man auf eine kleine oder größere Finanzspritze angewiesen ist. Die Kunst ist, im richtigen Augenblick den richtigen Gönner zu bitten. Dafür gibt es geschickte und ungeschickte Momente. Und es gibt die Möglichkeit, diese mehr oder weniger geschickt vorzubereiten. Denn glückliche Eltern sind freigiebigere Eltern.

Sicher weißt du die Gefühle deiner Eltern ganz gut zu deuten. Wähle also am besten einen Zeitpunkt, zu dem deine Eltern blendender Laune sind.

Schulden

Vor Überschuldung ist kaum jemand sicher. Deshalb solltest auch du hin und wieder dein persönliches Konsumverhalten prüfen.

Es ist nicht weiter tragisch, wenn du dir von Mama ein paar Hunderter zur Finanzierung deines Mopeds leihst. Lebst du aber nur noch auf Pump, droht die Überschuldungsfalle. Sie klappt spätestens dann zu, wenn du finanziell auf eigenen Beinen stehen musst.

Lass dich also nicht durch geschickte Werbung zu unnötigem Ratenkauf verführen. Es macht tatsächlich viel mehr Spaß, sich etwas zu leisten, für das man bereits gearbeitet hat.

Schwangerschaft

Endlich hast du dir nach mehreren Tagen der Unsicherheit und des Bangens einen Schwangerschaftstest besorgt. Nun hältst du unfassbar den kleinen Teststreifen in der Hand – die Färbung signalisiert dir ein positives Ergebnis.
Widerstreitende Gefühle kämpfen in dir: Ärger (Hätten wir doch nur besser aufgepasst!), Stolz (Ich bin eine vollwertige Frau!) und Angst (Was wird jetzt?) wechseln sich ab.
Ganz ehrlich: Jetzt hilft dir auch dieses dünne Büchlein nicht weiter. Schöne Worte sind schnell geschrieben. Doch was du jetzt brauchst, ist ein Gesprächspartner. Wenn du das Gefühl hast, dein Freund sei damit überfordert und deine Eltern zeigen kein Verständnis, dann wende dich unbedingt an eine Beratungsstelle. Dort sitzen erfahrene und geschulte Frauen. Nur im Gespräch mit anderen kannst du dir darüber klar werden, ob du JETZT ein Kind bekommen kannst – und willst. Die eigentliche Entscheidung kann dir zwar niemand abnehmen, aber die Beraterin kann dir dabei helfen.

Schwänzen

Mag sein, dass Schule langweilig ist. Mag sein, dass Schule anödet. Mag sein, dass Schule nervt. Natürlich gibt es über tausend Sachen, die mehr Spaß machen. Dennoch ist das noch kein Grund, die Schule zu schwänzen. Schwänzen schafft nur einem einzigen Menschen Probleme: dir! Deinen ➜ **Lehrern** ist es schnurzpiepegal, ob du zum Unterricht kommst. Du bist derjenige, der die Sache am Ende ausbadet. Entweder du verlierst den Anschluss oder du fliegst sogar in hohem Bogen von der Schule. Weshalb solltest du dir also unnötigen Ärger einhandeln?

Schweiß

Auch die Schweißdrüsen gehören zu der unendlichen Anzahl von Körperteilen und -funktionen, die in der ➺ **Pubertät** nahezu hyperaktiv werden. Unabhängig davon, ob du dich sportlich abkämpfst oder die Sonne vom Himmel brennt, diese Drüsen produzieren jetzt Unmengen an Schweiß, der durch deine Poren strömt.

Der Schweiß hat die Aufgabe, deine Körpertemperatur zu regulieren und die Haut (➺ **Hautpflege**) zu reinigen, indem er Schlackstoffe ausschwemmt. Leider fühlen sich unzählige Bakterien von dieser Körperflüssigkeit angezogen. Sie sind außerdem für den unangenehmen Geruch verantwortlich.

Abhilfe schafft tägliches Waschen des Achsel- und Genitalbereichs mit einer milden, pH-neutralen Seife. Doch Vorsicht! Zu häufiges Waschen mit aggressiven Substanzen kann mehr schaden als nützen und ➺ **Allergien** auslösen.

Bei extremer Schweißabsonderung kannst du auch zusätzlich einen Deoroller oder ein Antitranspirant verwenden.

Sekten

Man nehme einen ziemlich durchgeknallten Ansatz, blase ihn mit einigen religiösen Ritualen ordentlich auf und suche sich dann einen passenden Guru. Das Ergebnis ist eine Sekte. Und vor diesen Gruppen solltest du dich in Acht nehmen, denn jede

Sekte wirkt auf ihre Anhänger wie eine ➜ **Droge**, von der man nur schwer wieder loskommt.
Zwei Drittel aller Sektengründer haben schlichtweg das große Geld vor Augen, das letzte Drittel ein Brett vor dem Kopf. In beiden Fällen kein Grund, einem von ihnen als Jünger zu verfallen.
Gefesselt von der Wärme und Anteilnahme unter den Angehörigen einer solchen Sekte sind psychisch labile Menschen am empfänglichsten für die ihnen entgegengebrachte Aufmerksamkeit.
Wenn du in deiner unmittelbaren Umgebung wahrnimmst, dass eine solche Sekte Anhänger wirbt oder du gar selbst damit konfrontiert wurdest, dann solltest du unbedingt eine psychologische Beratungsstelle aufsuchen. In großen Städten gibt oft eigene Sektenbeauftragte der großen Kirchen oder der ➜ **Polizei**.

Selbstbefriedigung

Während der ➜ **Pubertät** entdecken Jungen und Mädchen ihren sich verändernden Körper, insbesondere ihre Geschlechtsteile. Sie finden heraus, dass gezieltes Streicheln und Berühren ein wohliges Gefühl erzeugen kann. Dieses Spielen mit den Geschlechtsteilen wird Masturbation, Onanie oder Selbstbefriedigung genannt.
Natürlich gibt es kein Patentrezept, wie Jungen ihren ➜ **Penis** und Mädchen ihre ➜ **Klitoris** so reizen können, dass sie sexuelle Befriedigung erfahren. Aber Selbstbefriedigung ist nicht gefährlich. Man wird davon weder dumm noch wachsen einem deswegen Haare auf den Händen.

Selbstmord

Jahr für Jahr begehen unzählige junge Menschen Selbstmord – sie sehen darin den letzten Ausweg. Oft sind vermeintliche Nichtigkeiten wie schlechte Schulnoten, ein untreuer Freund oder mangelnde Aufmerksamkeit der Eltern Auslöser für die schreckliche Tat. Anzeichen, Signale und Hilferufe werden meist erst dann als solche erkannt, wenn es längst zu spät ist. Dabei geschieht ein Selbstmord in 99 Prozent aller Fälle nicht aus heiterem Himmel. Er ist vielmehr das letzte Glied in einer Kette von Ängsten und Depressionen. Man geht davon aus, dass über drei Viertel aller Selbstmorde Jugendlicher hätten vermieden werden können, wenn frühzeitig Resonanz auf die ersten Signale gekommen wäre. Jede Vermutung in dieser Richtung sollte also unbedingt das tödliche Schweigen brechen. Misch dich ein. Sprich mit anderen darüber und versuch gegebenenfalls denjenigen zu einem Besuch in einer Beratungsstelle zu bewegen. Selbstmorde können nur geschehen, wo Gleichgültigkeit herrscht!

Sex, ab wann

Die einfachste Antwort auf diese Frage wäre: Wenn beide Partner Lust darauf haben und sich alt genug fühlen. Aber die Praxis ist anders und durch Paragraphen geregelt. Laut Gesetz können in Deutschland und Österreich Mädchen und Jungen ab 14 Jahren miteinander schlafen. Klartext: Es kann euch daher niemand anzeigen, wenn ihr es tut. Ist einer der beiden Partner unter 14, gibt es unterschiedliche Regelungen: In Deutschland darf der andere nicht über 18 Jahre alt sein, in

Österreich darf der Altersunterschied nicht mehr als zwei Jahre betragen.
In der Schweiz sind sexuelle Handlungen erst ab 16 Jahren erlaubt, bei einem Altersunterschied bis zu drei Jahren besteht aber Straffreiheit.
Problematisch wird es normalerweise erst bei einer ungewollten ➜ **Schwangerschaft** oder dann, wenn der ➜ **Geschlechtsverkehr** vollzogen wird und es nicht beide Partner so wünschen bzw. wollen. Dieser spezielle Fall wird unter dem Stichwort ➜ **Missbrauch** behandelt.

Sex, das erste Mal

»Das erste Mal« findet heute statistisch gesehen mit 16 Jahren statt. Aber Statistik und Realität können sehr weit auseinander liegen. Die realistische Spanne liegt zwischen 12 und 20 Jahren. Tatsächlich ist es nie zu früh oder zu spät, vorausgesetzt, beide Partner wollen und sind entsprechend vorbereitet (➜ **Verhütung**).
Um wirklich Spaß daran zu haben, solltest du dir ganz sicher sein, dass du dich nicht genötigt fühlst – und dass du deinen Partner nicht nötigst. Ihr müsst beide in Stimmung sein und ungestört Zeit haben. Wenn jeden Moment die großen Geschwister ins Zimmer stürmen können, kommt garantiert keine Stimmung auf.
Sprecht vorher darüber, was es euch bedeutet, miteinander zu schlafen – auch für eure Beziehung. Besonders schön ist es, wenn ihr alle Zeit der Welt habt und euch mit einer Runde klassischem ➜ **Petting** in Stimmung bringt.
Vor allem solltet ihr nicht zu viel erwarten. Die Chance, dass beim ersten Mal beide gleichzeitig zum Höhepunkt, dem

➜ **Orgasmus**, kommen, ist minimal. Die Jungen sind meist schneller und nehmen den Mädchen jede Chance, in Fahrt zu kommen. Zudem kann das erste Eindringen eines erigierten ➜ **Penis** manchmal recht schmerzhaft sein. Melde dich, wenn es zu weh tut. Unter dem Strich ist es nicht gerade selten, dass das erste Mal alles andere als toll ist. Sex wird aber garantiert immer schöner, je sicherer ihr seid und je mehr Übung ihr habt ...

Sex, wie oft

Ganz einfach: Sooft du und dein Partner Lust habt. Es gibt dabei außer der Lust keine Einschränkungen. Und die wird schnell vergehen, wenn ➜ **Penis** oder ➜ **Scheide** sich röten oder sogar wund werden. Außerdem geben wir zu bedenken, dass eine Beziehung nicht nur vom Geschlechtsverkehr lebt.
Höchst- oder Mindestzahlen gibt es jedoch nicht. Und alle Angaben von Gleichaltrigen sind unbedingt mit Vorsicht zu genießen, denn Übertreibung und Prahlerei stehen hoch im Kurs.
Übrigens: Wenn du glaubst, dein Sexualleben sei unterdurchschnittlich, hier eine Zahl zum persönlichen Vergleich: 16-Jährige haben heute im Durchschnitt genau 0,7-mal Sex in der Woche. Na?

Shopaholics

Über drei Milliarden Euro können Jugendliche zwischen 7 und 15 Jahren in Deutschland, Österreich und der Schweiz jährlich eigenverantwortlich ausgeben. Die Summe, die Eltern aufgrund der Wünsche oder Bestellungen ihrer Kinder auf den Ladentisch blättern, ist noch um ein Vielfaches höher. Kein Wunder, dass auch die Werbung junge Menschen als Kunden entdeckt hat.

Millionen werden jede Woche in Fernseh-, Hörfunk- und Zeitschriftenwerbung gesteckt. Und die Werbung kommt an. In Schule und Freundeskreis herrscht ein immenser Gruppendruck. Kein Wunder, dass man heute schon früh auf Konsum geeicht wird. Sogar die eigenen Eltern tragen oft ihren Teil zu dieser Entwicklung bei.

Dramatisch wird das Problem vor allem dann, wenn der Ausgleich von Defiziten im sozialen Bereich durch Konsumieren krankhafte Züge annimmt. Experten schätzen, dass rund 5 Prozent der 15- bis 20-Jährigen heute kaufsüchtig sind.

Kaufsucht ist eine schleichende Krankheit wie Spielsucht oder Alkoholismus, die jedoch teilweise über Nacht geheilt werden kann.

Meist sind die Betroffenen frustrierte Jugendliche, denen oft ein neuer Lebenssinn, eine Freundschaft, Erfolg in Schule, Beruf, Freizeit oder das Ende einer besonders belastenden Situation in der Familie genügen.

Ein Shopaholic sucht Aufgaben, Anerkennung und Verantwortung. Engagement in Gruppen und Vereinen macht Spaß und bringt Selbstachtung. Menschen aber, die Selbstachtung besitzen, müssen diese nicht »erkaufen«.

Sitzen bleiben

Schlechte Noten in der Schule sagen wirklich nichts über deinen späteren Erfolg im Leben aus. Berühmte Persönlichkeiten

wie Bismarck, Napoleon, Robert Bosch und Gerhart Hauptmann waren hundsmiserable Schüler. Die weltberühmten Schriftsteller Thomas Mann und Günter Grass flogen durchs Abi, Winston Churchill und der Erfinder Thomas Edison sogar von der Schule.
Weshalb solltest du also nicht in Einsteins Fußstapfen treten? Schade ist natürlich, wenn du plötzlich nicht mehr mit deinen Freunden in eine Klasse gehst. Jetzt wird sich dein Freundeskreis verändern, aber auch erweitern. Sicher wirst du in der neuen Klasse schnell wieder Anschluss finden. Schließlich bist du dort ein Jahr voraus – und damit auch interessanter.
Dennoch wirst du dir von alten oder neuen Klassenkameraden dumme Bemerkungen anhören müssen. Ignoriere sie einfach, sie kommen nicht von Freunden.

Stimmbruch

Erwachsene Männer haben einen wesentlich größeren Stimmapparat als Frauen. Betrachte einmal den Adamsapfel deines Vaters. Er steht viel weiter hervor als der deiner Mutter. Die Entwicklung dieses gewaltigen Stimmapparates fällt in die Zeit der ➔ **Pubertät**. Nun verlängern sich die Stimmbänder und werden hin und wieder unkontrollierbar. Aus diesem Grund kann die Stimme eines Jungen im einen Moment tief wie ein Bass brummen und in der nächsten Sekunde wie ein schrilles Quieken klingen. Diese Plage dauert aber nicht lange, ehrlich.
Übrigens: Entgegen jeder Behauptung gibt es keine Methode, deine Stimme tiefer zu machen als genetisch vorbestimmt.

Strafen

Strafe ist das älteste, in weiten Kreisen immer noch beliebteste, nichtsdestotrotz uneffektivste pädagogische Hilfsmittel unendlich vieler Elterngenerationen.
Geht es um die Erfindung von Strafen, werden die langweiligsten ➺ **Eltern** erstaunlich fantasievoll und kreativ. Die bunte Palette reicht von Liebesentzug über Schläge, Taschengeldkürzung, Hausarrest, Fernsehverbot bis hin zum Computereinzug. Die dümmsten Strafen aber sind unumstritten die, die nichts mit der Ursache für die Strafe zu tun haben. Weshalb sollte einem das Mähen des Rasens einen pädagogischen Kick geben, wenn man am Samstag zu spät nach Hause gekommen ist?
Solchen Strafen kannst du nur mit konsequenten und klug durchdachten Maßnahmen entgegenwirken. Schließlich willst du nicht Strafen sammeln wie andere Leute Briefmarken. Lass dich dabei immer von einem Leitgedanken lenken: Je mehr Vertrauen deine Eltern in dich haben, desto weniger Strafen verhängen sie auch. Versuch also deine Eltern davon zu überzeugen, dass sie mit dir reden können. Dann bist du auf dem richtigen Weg.

S

Straßenkünstler

Die passende Zeit und der passende Ort sind die Voraussetzung für dieses Unternehmen. Stimmt beides, dann wird auch die Kasse klingeln. Vielleicht magst du als Nikolaus verkleidet am Adventssamstag in der Fußgängerzone sentimentale Weihnachtslieder präsentieren? Das kommt gewiss an.

Wer dagegen weder singen noch ein Instrument spielen kann, muss sein Köpfchen etwas anstrengen. Mit einigen Übungsstunden wirst wohl auch du zu einem unterhaltsamen Straßenkünstler. Jonglieren, Straßenmalerei, Pantomime oder ein paar einfache Zaubertricks für Kinder sind überaus beliebte Künste. Erlaubt ist, was dem Publikum gefällt – und wofür es bereitwillig Geld ausspuckt.

Streit, Eltern

Statistisch gesehen dreht sich ein Großteil aller familiären Streitigkeiten um die Zeit. → **Eltern** haben in der Regel ein anderes Zeitverständnis als junge Menschen. Für sie ist ein Jahr keine große Zeitspanne in ihren familiären oder beruflichen Planungen.

Für einen jungen Menschen in den besten Jahren ist ein Jahr eine halbe Ewigkeit. Dementsprechend planen Jugendliche ganz anders ihre Freizeit. Sie sind in ihren Unternehmensentscheidungen noch wesentlich spontaner.

Dazu kommt, dass deine Eltern nach einer Zeiteinteilung leben, die sich für sie selbst bewährt hat. Viele wiederkehrende Arbeitsabläufe sind in dieses Schema genauestens eingeplant. Übernimmst du nun eine Aufgabe, gehen Eltern wie selbstverständlich davon aus, dass du auch ihren zeitlichen Ablauf übernimmst. Wenn das nicht der Fall ist, droht Ärger.

Trotzdem musst du dich nicht an deinen Eltern orientieren. Kläre bereits bei der Aufgabenübernahme, dass du nach deinem eigenen Zeitplan arbeitest. Wann du was erledigst, planst du selbst.

Gibt es dennoch einmal Ärger, ist ein sofortiger Gegenangriff

S

nicht die beste Lösung. Versuch ruhig zu bleiben. Wut und Geschrei bringt dich als den Schwächeren ohnehin nie weiter.

! **Tipp:** Vereinbare mit deinen Eltern ein Signal, das du setzt, wenn du absolut genervt bist. Zeichen könnten z. B. eine rote Ampel vor deinem Zimmer, ein bestimmter Ohrring (Totenkopf wäre echt passend) oder eine rote Karte an der Familienpinwand sein.

Streit, Freunde

Plötzlich sind alle zum Kotzen. Die ➔ **Eltern**, die ➔ **Geschwister** sowieso, ja sogar die ➔ **Freunde** – mit allen gibt es Streit. Kennst du solche Tage? Ja? Glückwunsch, dann geht es dir wie 99,9999 Prozent aller Jugendlichen. Ist ja auch klar. Die ➔ **Hormone** drehen durch, die Gefühle fahren Achterbahn, die Erwachsenen wollen nicht kapieren, dass du erwachsen wirst, und die ersten Lieben haben schon manche Freundesclique in schwere Krisen gestürzt. Streit ist also fast so normal wie unangenehm. Die beste Methode, einen Streit rasch zu beenden, ist: cool bleiben. Wenn du dich aufregst, kannst du einen Streit gewiss nicht beilegen. Im Zweifelsfall hilft immer der Satz: »Du hast Recht. Lass jeden von uns mal darüber nachdenken. Dann sprechen wir nochmals. Morgen? Okay?«

! **Tipp:** Wenn sich zwei Freunde von dir streiten, dann solltest du es so machen, wie sich Igel küssen: gaaaanz vorsichtig! In der Regel sollen das die Kontrahenten unter sich austragen. Wenn gar nix geht, dann kannst du immer noch ein Palaver am runden Tisch organisieren. Das funktioniert aber nur, wenn BEIDE wollen und du strikt neutral den Moderator machst.

Suizid

→ **Selbstmord**

Süßigkeiten

Süße Leckereien, ganz gleich in welcher Form, gelten bei Teenagern und Sportlern als beliebtes Grundnahrungsmittel. Tatsächlich erreicht man mit Zucker und Schokolade eine therapeutische Wirkung: Diese Nährstoffe begünstigen in deinem Körper die Produktion bestimmter → **Hormone**, die für ein Glücksgefühl sorgen. Außerdem führen sie deinem Nährstoffhaushalt schnell Energie zu – die du verbrauchen kannst und verbrauchen solltest. Andernfalls wird diese Energie nämlich als Fett von deinem Körper eingelagert.

Süßigkeiten sind also in Ordnung, vorausgesetzt, du hast weder Zahn- noch Pickelprobleme. So oder so solltest du aber zum Sattwerden gesündere Kost bevorzugen. Süßigkeiten kann und darf man zwar GENIESSEN, ERNÄHREN (→ **Ernährung**) kann man sich damit jedoch nicht.

Tampons

Als »Auslaufschutz« für die Zeit der Menstruation sind Tampons sehr beliebt. Diese »Stopsel« aus stark gepresster Baumwolle und dem Zugfaden am unteren Ende saugen das Blut auf und verhindern damit das Durchnässen der übrigen Kleidung. Eine andere Möglichkeit sind → **Binden**

Beim Kauf solltest du auf die unterschiedlichen Größen und

Ausführungen achten. Manche Tampons werden in einer Einführhülle aus Pappe angeboten, andere werden mit dem Finger eingeführt.
Die Benutzung eines Tampons steht in der Packungsbeilage genau erklärt. Ist das kleine Teilchen richtig eingeführt, solltest du es gar nicht mehr spüren.
Ein Tampon hat gegenüber einer Binde den Vorteil, dass du auch während deiner Periode schwimmen kannst. Dafür mögen viele Mädchen das Gefühl nicht, etwas in ihrer Scheide stecken zu haben. Ob du also Binden oder Tampons verwendest, bleibt deine persönliche Entscheidung.

Taschengeld

Die Höhe deines Taschengeldes ist in keinem Gesetz festgeschrieben. Sie hängt von verschiedenen Faktoren ab. Nicht nur dein Alter und deine Selbständigkeit finden hier Berücksichtigung, sondern auch der finanzielle Spielraum deiner Eltern.
Für dich ist Geld ein Mittel zur Freiheit und Unabhängigkeit, für Eltern ist es häufig ein beliebtes Erziehungsmittel. Mit kaum einem anderen Erziehungsmittel jedoch wird so starkes Unwesen getrieben. Trifft einer der folgenden Punkte zu, solltest du unbedingt mit Strategie, Taktik und vernünftigen Argumenten an deine Eltern herantreten:

- Taschengeldentzug gilt bei euch als pädagogisches Allheilmittel. Es ist wirkungsvoller als Ausgeh- oder Fernsehverbot.
- Dein Taschengeld wird »den Umständen entsprechend« bezahlt. Seine Höhe richtet sich nach der Gefälligkeit deines Benehmens.

- Du musst dir dein Taschengeld mit Rasenmähen, Wagenwaschen oder Ähnlichem »verdienen«.
- Dein selbst verdientes Geld wird auf das Taschengeld angerechnet, geht also nicht zusätzlich in deinen Geldbeutel.
- Dein Taschengeld steht dir nicht zur freien Verfügung. Deine Eltern verlangen Rechenschaft über jeden Cent.
- Die Höhe deines Taschengeldes entspricht absolut nicht deinen Vorstellungen.

Taschengeldverhandlungen

Gewiss wirst du im Laufe deiner Teenager-Jahre nicht nur einmal in Taschengeldverhandlungen treten müssen. Bereite dich dazu gut vor und beachte folgende Tipps:

- Führe nie Verhandlungen mit dem Satz: »Alle anderen bekommen mehr Taschengeld als ich.« Deine Eltern werden sich stur stellen: »Wir sind eben nicht alle anderen!«
- Versuche nie deinen Eltern vorzuführen, wie wenig Taschengeld du hast, indem du sie ständig anpumpst. Das wirkt nur kontraproduktiv. Deine Eltern bekommen dann das Gefühl, du könntest nicht mit Geld umgehen.
- Leg bei alltäglichen Arbeiten von dir aus Hand an. Dann kannst du durchsetzen, dass du für Außergewöhnliches (z. B. Wagen waschen) finanziell entlohnt wirst.
- Du sparst auf einen größeren Wunsch? Such dir einen → **Nebenjob**, damit deine Eltern sehen, wie ernst es dir ist. Wenn du selbst etwas dafür tust, geben deine Eltern vielleicht auch noch etwas dazu.
- Eltern lieben Sparsamkeit. Schlag vor, einen bestimmten Betrag deines Taschengeldes zur Bank zu bringen, wenn deine Eltern noch einmal die gleiche Summe drauflegen.

- Bei größeren Geldbeträgen haben deine Eltern unbedingtes Mitspracherecht. Es ist schon okay, wenn du einen Teil davon sparen sollst. Später wirst du froh sein, wenn du für den Führerschein, ein eigenes Auto oder einen tollen Urlaub mit Freunden Reserven hast.

Tabelle: Wie viel Taschengeld in welchem Alter?

Alter	Euro pro Monat
10	10
11	13
12	15
13	20
14	25
15	30
16	35
17	45
18	55

Bei selbständigem Klamottenkauf jeweils plus 45 Euro.
Bei selbständigem Einkauf der Schulmaterialien u. Ä. plus 15 Euro.

T

Tätowierungen

Tätowierungen haben nicht umsonst einen so schlechten Ruf. Von einem Experten gemacht können sie zwar wirklich echte Kunstwerke sein, doch die Nachteile überwiegen.

Tätowierungen sind später kaum mehr zu entfernen. Zwar können sie manchmal mittels moderner Lasertechnik wieder entfernt werden, Spuren bleiben jedoch immer. Ganz zu schweigen von den Kosten.
Bei mangelnder Hygiene im Tattoo-Studio besteht außerdem eine geringe Chance, beim Eingriff mit ➜ **Aids** infiziert zu werden.
Ist dein Wachstum noch nicht beendet, musst du damit rechnen, dass sich die Tätowierung später übel in die Länge oder in die Breite zieht ...
Lässt du dir den Namen deiner/deines Angebeteten tätowieren, prangt sie wie eine Jagdtrophäe auf deinem Körper. Was wird sein, wenn die Beziehung zu Ende geht?
Mach dir bewusst, dass du vielleicht bei der Suche nach einem Ausbildungsplatz oder einem Job mit sichtbarer Tätowierung schlechtere Karten hast.
Möchtest du dich nach reiflicher Überlegung immer noch tätowieren lassen, such dir ein seriöses Studio für dein Vorhaben.

Telefon

Telefonieren ist keine Krankheit. Auch wenn das manch eine gestresste Mutter, manch ein entnervter Vater zu glauben scheint. Telefonieren ist eine wichtige Form zwischenmenschlicher Kommunikation.
Unter Freunden müssen die wirklich wichtigen Dinge des Lebens ausgetauscht werden. Doch die Zeit eines Teenagers ist gnadenlos verplant. Unverplante Minuten oder Stunden verbringt man deshalb gerne am Telefon. Kein Problem, wären da nicht die Erwachsenen, die sich sämtliche Vorrechte einräu-

men, da sie die dicke Rechnung letztendlich bezahlen müssen. Mit Sturheit kannst du in diesem Fall nur wenig erreichen. Auch das Telefonieren ist eines der Themen, bei denen du am erfolgreichsten bist, wenn du Verhandlungsgeschick an den Tag legst.
Die Knackpunkte diesbezüglicher Auseinandersetzungen in der Familie sind meist Zeit und Geld. Was die Zeit betrifft, brauchen deine Eltern zu 90 Prozent des Tages ohnehin kein Telefon. Außerdem sind auch ein Doppelanschluss oder ein zusätzlicher ISDN-Apparat relativ preiswert.
In Sachen Geld bleibt dir im schlimmsten Fall nur eine kräftige Eigenbeteiligung. Dann musst du selbst entscheiden, wofür du dein Geld am ehesten investieren willst.

! **Tipp:** Wünsch dir von deinen Eltern eine eigene Leitung. Die Grundgebühr und eine zu verhandelnde Menge von Einheiten tragen deine Eltern. Was darüber hinausgeht, bezahlst du aus eigener Tasche. Das entstresst das Familienleben gewaltig.

Testosteron

Das Gegenstück zum weiblichen → **Hormon** → **Östrogen**. Testosteron ist im männlichen Körper für alles verantwortlich, was ihn männlich macht. Darunter fallen das Muskelwachstum, das Wachstum von Bart- und Schamhaaren, → **Penis** und → **Hoden**. Testosteron wird deshalb auch künstlich als Dopingmittel bei Schummel-Sportlern eingesetzt. (Das gibt Muckis!)

Übernachtung anderswo

Vielleicht gehörst du zu den Glücklichen, deren ➜ **Eltern** total locker reagieren, wenn du bei einem Freund, einer Freundin oder auf einer ➜ **Party** übernachten willst. Freu dich, du bist Teil einer besonderen Minderheit.

Zumindest beim »ersten Mal« reagieren fast alle Eltern nervös und ängstlich, wenn sie den Nachwuchs nachts nicht mehr unter ihren Fittichen wissen.

Auf den geringsten Widerstand wirst du wohl stoßen, wenn es um eine Geburtstagsfeier bei Freunden geht. Mindestens ein halbes Dutzend der Gäste übernachtet bei solchen Gelegenheiten und natürlich sind die Eltern der Gastgeber ebenfalls zu Hause.

Wenn du also deine Eltern davon überzeugen willst, dass du alt genug für auswärtige Übernachtungen bist, fang am besten bei solchen Gelegenheiten an. Dadurch minderst du das Risiko, an Wände zu laufen, wenn es dir mit einer Übernachtung bei einem Freund oder einer Freundin wirklich wichtig ist.

Mit Widerstand musst du aber stets rechnen. Immerhin sind ➜ **Drogen**, Sex, ➜ **Gewalt** oder Kriminalität Stolperfallen, die dir deine Eltern gerne ersparen wollen. Und ihre Ängste sind ja nicht völlig unbegründet. Deshalb ist es wichtig, dass deine Eltern, zumindest am Anfang, dein »Übernachtungsumfeld« genau kennen. Sie müssen sich darauf verlassen können, dass du Absprachen einhältst. Dann sind sie handzahmer und geben schneller nach.

Übernachtungen anderswo sind erste Schritte, wie du dich von deinem Elternhaus loslöst. Und das können deine Erzeuger nur langsam akzeptieren.

Urlaub

Urlaub mit der Familie? Italienische Adria, Vollpension, Sonnenbaden, Langeweile, Familienstress – nein danke!

Ein Urlaub mit Freunden scheint gar nicht so unmöglich, bedarf jedoch einiger taktischer Finessen:

Lass dich bei den Verhandlungen mit deinen → **Eltern** nie auf einen Kuhhandel ein. Die Erlaubnis darf zum Beispiel nicht von einem guten Zeugnis abhängig gemacht werden. Du hast ein Recht darauf, immer größere Teile deines Lebens eigenverantwortlich gestalten zu können. Das ist keine Belohnung für Wohlverhalten oder gute Noten in der Schule.

Sei ausgesprochen gut vorbereitet, wenn du deine Eltern zum Gespräch bittest. Je besser du berichtest, je konkreter du deine Planung darstellst, desto eher trauen dir deine Eltern das Unternehmen zu.

Überleg dir, mit wem du deinen Urlaub verbringen möchtest. Kennen deine Eltern diese Freunde und was halten sie von ihnen? Genießen diese Freunde das Vertrauen deiner Eltern, wird es kaum Probleme geben.

Bereite dich auch auf eine finanzielle Debatte vor. Es ist wichtig, zu wissen, was dein Urlaub kosten wird und wie er finanziert werden kann. Vielleicht fällt dir eine Finanzierung ein, die deine Eltern weniger kostet als dein Urlaub mit ihnen. (Zwei Wochen Mallorca mit Flug, Hotel und Animationsprogramm sind in der Hauptsaison gar nicht so billig.) Damit ist möglichen Gegenargumenten schon eine Menge Wind aus den Segeln genommen.

! **Tipp:** Es gibt zahlreiche Reiseveranstalter, die eigene, pädagogisch betreute Jugendreisen im Programm haben. Solche Reisen werden erfahrungsgemäß gerade von kritischen Eltern eher akzeptiert.

Vagina

➾ **Scheide**

Vegetarier

Es ist das gute Recht eines jeden Menschen, sich seine persönliche ➾ **Ernährung**sform zu wählen. Entscheidest du dich für eine vegetarische Lebensweise, kann dies mit Problemen verbunden sein. Die bürgerlichen Essgewohnheiten orientieren sich in der Regel nicht am Vegetarismus.

Die daraus entstehende neue Essgewohnheit wird als »Puddingvegetarismus« bezeichnet. Hier wird lediglich das Fleisch der bürgerlichen Küche ersatzlos gestrichen. Die Folge ist schon bald ein Mangel an Vitaminen, Mineral- und Ballaststoffen, ein Zuviel an Kohlenhydraten und Zucker.

Wenn du Vegetarier werden möchtest, spricht aus ernährungswissenschaftlicher Sicht nichts dagegen. Allerdings musst du damit rechnen, dass sich bei deinen Eltern Widerstand regt.

Bei der Verkündung deines Entschlusses musst du sehr behutsam vorgehen. Vermeide alles, was nach Kritik an den Fleischessern klingt. Angriff ist eine schlechte Diskussionsgrundlage. Erklär deinen Eltern ganz sachlich, was FÜR eine vegetarische Ernährung spricht. Vorher solltest du dich allerdings ein wenig schlau machen. Natürlich ist auch eine Position in Ordnung, die nicht auf ernährungswissenschaftlichen Grundlagen beruht. Auch ethische Prinzipien müssen akzeptiert werden. Klärung bedarf deine häusliche ➾ **Verpflegung**.

Verabredung

Jede Verabredung ist so wichtig wie die erste. Manchmal erkennst du dich selbst nicht wieder und bist irre gut drauf, beim nächsten Date ist bereits nach zwei Minuten alles gelaufen und beiden klar, dass sich daran nichts mehr ändert.
Die beste Methode, eine Verabredung erfolgreich werden zu lassen, ist, nicht panisch zu werden. Gib dich stattdessen ganz natürlich. Weder ungewöhnliches Aufdonnern noch ultrascharfe Frisuren oder abgefahrene Klamotten helfen dir, wenn sie nicht zu deinem Typ passen. Fühlst du dich unwohl, überschattet dies das ganze Treffen.

! **Tipp:** Verstellen lohnt sich nicht! Schließlich willst du, dass dein Date-Partner dich so mag, wie du bist. Schauspielereien könntest du ohnehin nicht lange durchhalten.

Vergewaltigung

Das »Ausüben von Gewalt und Zwang zur Erreichung sexueller Befriedigung« ist damit gemeint. Es gibt unterschiedliche Arten der Vergewaltigung, die jeweils auf ihre sexuelle Form zurückgehen. Schließlich kannst du auf ganz unterschiedliche Weise zu sexuellen Handlungen gezwungen werden.
Wenn du oder eine dir bekannte Person sexuell missbraucht und vergewaltigt wurde, darfst du nicht aus falscher Scham schweigen. Die Vergewaltigung muss als solche thematisiert werden. Schon allein deshalb, um weitere Vergehen dieser Art zu unterbinden. Der Betroffene braucht dringend Hilfe im Gespräch. Ein solches Gespräch kann unter Freunden oder in einer Beratungsstelle stattfinden. → **Polizei** einschalten!

Verhütung

Darüber sollten sich immer beide Partner Gedanken machen, BEVOR sie ➜ **Geschlechtsverkehr** miteinander haben. Praktischerweise gibt es eine Menge einfacher Methoden, um eine ungewünschte Schwangerschaft zu verhindern. Am einfachsten und am leichtesten erhältlich ist das ➜ **Kondom**.
Aber auch das ➜ **Diaphragma** oder die ➜ **Pille** sind verbreitet und effektiv. Ein Gespräch mit dem Frauenarzt oder die Information in einer Beratungsstelle kann dir helfen, die für dich vorteilhafteste Methode zu finden.

Verpflegung

Es gibt gute Gründe, sich einer Ernährungsform zu widersetzen und einer anderen zuzuwenden. In einer Familie kann es allerdings problematisch werden, wenn verschiedene Ernährungsgewohnheiten aufeinander treffen. Vielleicht möchtest du dich in einer bürgerlichen Familie vegetarisch ernähren?
Kläre mit deinen Eltern, wie du dich in eurem Hause vegetarisch (➜ **Vegetarier**) ernähren kannst. Dabei stehen drei verschiedene Möglichkeiten zur Diskussion:

- Die ganze Familie stellt sich um. Dabei müssen nicht alle hundertprozentig auf Fleisch verzichten. Mehrmals pro Woche wird vegetarisch gekocht, insgesamt mehr Gemüse, Obst, Milch- und Vollkornprodukte auf den Speiseplan genommen. Generell wird genug Gemüse zubereitet, so dass du auf das Fleisch verzichten kannst. Das wäre für alle die beste und gesündeste Lösung. Aber nicht in jeder Familie ist sie durchsetzbar.

- Für dich wird extra gekocht. Allerdings ist es fraglich, ob deine Mutter oder dein Vater bereit sind, über Jahre hinweg zwei Mahlzeiten zuzubereiten. Auf Dauer gibt es garantiert Ärger oder irgendwann nur noch trockene Nudeln.
- Du bereitest deine Mahlzeiten komplett selbst zu, so lernst du auch, dir eine ausgewogene vegetarische Kost zusammenzustellen.

In der Praxis wird es wohl auf eine Mischung hinauslaufen. Deine Eltern sollten zwar deine Ernährungsform tolerieren und dir entgegenkommen, aber es gibt auch Grenzen. Bemüh dich deshalb, deinen Eltern diesbezüglich nicht zu viel Arbeit zuzumuten.

Viagra

Viagra ist eine Potenzpille für Männer, die unter einer Erektionsstörung leiden. Sie verursacht einen Blutstau im → **Penis** und damit eine → **Erektion**. Medizinisch ist sie also für Männer konzipiert, die wollen, aber nicht können. Für Jugendliche ist Viagra ebenso unnötig wie gefährlich.

Durch die ohnehin stark erhöhte Zahl der Erektionen im Jugendalter setzt sich ein Teenager beim (illegalen) Konsum von Viagra enormen Risiken aus. Die Einnahme kann bis zu einer schmerzhaften Dauererektion oder sogar zum Herzstillstand führen, wenn Viagra mit anderen → **Drogen** wie z. B. Aufputschmitteln oder → **Ecstasy** kombiniert wird.

Kurzfristige Erektionsprobleme z. B. »beim ersten Mal« sind völlig normal und der Aufregung zuzuschreiben. Auch Viagra könnte hier nicht helfen ...

Übrigens: Sex wird mit Viagra nicht BESSER, für manche Menschen eben einfach nur MÖGLICH.

Wachstum

Natürlich wächst du jeden Tag ein winziges bisschen, doch als Teenager erlebst du vielleicht einen ungewöhnlichen Wachstumsschub. Es gibt 13-Jährige, die in einem Vierteljahr über 10 cm wachsen. Bei Mädchen setzt die → **Pubertät** und der damit verbundene Wachstumsschub oft früher ein. Gleichaltrigen Jungen wachsen die Mädels häufig davon.
Grundsätzlich kann dieser Wachstumsschub irgendwann zwischen dem 9. und 18. Lebensjahr erfolgen. Also keine Bange, wenn dich deine Freunde um Haupteslänge überragen. Kleinwüchsigkeit wird in der Regel schon viel früher erkannt.
Wenn du ganz grob peilen möchtest, welche Endhöhe du einmal erreichen wirst, bediene dich einer einfachen Rechnung: Addiere zur Große deines Vaters die Größe deiner Mutter und dividiere das Ergebnis durch zwei. Addierst du nochmals 5 cm, kommst du auf einen ganz groben Richtwert deiner endgültigen Körpergröße!
Entgegen vieler Behauptungen lässt die Körpergröße keine Rückschlüsse auf die Penisgröße zu. Und diese wiederum hat nichts mit der sexuellen Fertigkeit ihres Besitzers zu tun!

Zahnspange

Sie ist doch tatsächlich eine der härtesten Strafen des Teenagerdaseins. Und es scheint, als sei sie von den Erwachsenen ausschließlich dazu erfunden, dich als Knutschpartner wirksam und endgültig aus dem Rennen zu katapultieren.
Sollte dir dieser schwere Schicksalsschlag drohen oder gar

bereits deine Zähne verunzieren, dann hilft nur eine geradezu übermenschliche Leidensfähigkeit.

Vielleicht kannst du es dennoch schaffen, dein schweres Los zu ertragen. Das wird dir natürlich leichter fallen, wenn das Ende deiner Spangenzeit schon absehbar ist. Wurde früh genug mit der Gebissregulierung begonnen, so ist die Qual meist im Alter von 12 oder 13 Jahren abgeschlossen.

! **Tipps:** Um dir die Zeit des Wartens etwas zu versüßen, kannst du in den letzten Wochen oder Monaten ein Papiermaßband täglich um einen Zentimeter kürzen, bis du schließlich bei »Stunde Null« angekommen bist.

Auch mit der Planung einer tollen → **Party** kannst du eine längere Zeitspanne überbrücken. Und gefeiert wird dann natürlich, wenn deine Tage mit Zahnspange endgültig abgelaufen sind.

Zeitplan

Rund 70 Prozent aller Jugendlichen sind heute nach Erkenntnissen von Psychologen im Freizeitstress. Schule, → **Hausaufgaben**, Nachhilfe, Sport, Ballett, Musikunterricht, Reiten, Fernsehen – der Terminkalender eines durchschnittlichen Vierzehnjährigen ähnelt heute stark dem Arbeitsplan eines Topmanagers.

Das ist gefährlich! Stress macht krank. Und er sorgt obendrein dafür, dass du keine Zeit mehr hast, dich mit Freunden oder mit neuen Dingen zu beschäftigen. Dabei wäre ein wenig Langeweile keinesfalls schädlich. Im Gegenteil. Jeder Mensch braucht Zeit zum Grübeln, Zeit, sich hängen oder einfach treiben zu lassen. Dies gilt für Kinder und Jugendliche im gleichen Maße wie für Erwachsene.

Check deinen Tagesablauf in Ruhe durch. Hast du zu viel Stress, zu viele Verpflichtungen und Termine? Rück deinem Terminkalender eher heute als morgen mit dem Radierer zu Leibe.

Der schwierigste Part dabei ist sicherlich die Erläuterung deiner (Termin-)Sparpolitik mit deinen Eltern. Für Mama wird es hart sein, wenn du nun doch kein Tanzsternchen werden willst. Auch Papa wird schwer daran kauen, wenn du deine potenzielle Karriere in der Fußball-Bundesliga aufgibst. Aber auch deine Eltern werden schließlich einsehen, dass du Stress abbauen musst (schon allein der Schule wegen). Welchen Sinn sollte es haben, dich in bestimmte Freizeitaktivitäten zu zwingen?

! **Tipp:** Lass dir sonntags die kommende Woche durch den Kopf gehen. An welchen Tagen wird es stressig, wann eher gemütlich? Worauf freust du dich besonders? So gestaltest du deine Zeit aktiv, ohne dich immer von anderen bestimmen zu lassen.

Zeitungsausträger

Wenn du schon morgens um fünf Uhr Bäume ausreißen könntest, bist du der richtige Typ für das Austragen der regionalen Tageszeitung. Bedenk jedoch, dass du bei Wind und Wetter in aller Frühe durch die Straßen joggen musst. Sicher hast du dadurch reichlich Bewegung, viel frische Luft und bist schon in der ersten Schulstunde geistig voll da, aber bereits gegen Mittag kann deine Kondition stark nachlassen.

Deshalb solltest du darauf achten, dass du in der Regel abends dann auch frühzeitig den Weg ins Bett findest. Sonst bist du mit deinen Reserven rasch am Ende.

Zeugnis

Zweimal im Jahr erwacht ein Schreckgespenst und spukt allerorts durch die Schulen – am gefürchteten Zeugnistag. Immerhin haben drei von vier Schülern Angst vor der Überreichung des »Giftblättchens«. Eine immens hohe Zahl, sieht man im Vergleich dazu die weitaus geringere Wahrscheinlichkeit, zu den »Sitzenbleibern« zu gehören.

Eine Fünf allein sollte eigentlich noch kein Grund für schlaflose Nächte sein. Sicher ist es angenehm und durchaus erstrebenswert, zur besseren Hälfte zu gehören. Aber wenn du erst einmal mit beiden Beinen fest im Leben stehst, kräht kein Hahn mehr nach deinen früheren Schulnoten. Dann zählt nur noch deine fachliche Leistung und Qualifikation.

Weshalb solltest du dir also unnötigerweise graue Haare wachsen lassen? Schlechte Noten kündigen sich in der Regel vorher an. Sicher weißt du schon Wochen vorher ungefähr, wie dein Zeugnis aussehen wird. Zeit genug, dich und deine Eltern schonend auf die kommende Katastrophe vorzubereiten. Denn richtig schlimm wird es erst und nur dann, wenn deine Eltern ein Blitz aus heiterem Himmel trifft. Kurzschlussreaktionen kannst du so auf jeden Fall vermeiden.

Und sollte es tatsächlich einmal nicht zur Versetzung reichen, verzweifle nicht. Sprich mit jemandem über deine Nöte – vielleicht mit einem guten Freund. Findest du niemanden, dann wende dich an eines der zahlreichen Sorgentelefone. Das hilft zumindest über die größte Verzweiflung hinweg.

! **Tipp:** Warne deine Eltern frühzeitig, wenn die Noten in den Keller gehen. Bitte sie darum, mit dir gemeinsam zu überlegen, was ihr tun könnt. Das wird Wunder wirken. Wenn du von dir aus Hilfe suchst und Besserung erhoffst, zeigt das deinen Eltern Reife, die (fast) jede Fünf vergessen lässt.

Zimmer, eigenes

Was ein Kind nur selten vermisst, wird für einen Jugendlichen absolut überlebensnotwendig: ein Reich, in das er sich zurückziehen kann. Für einen Teenager ist kaum etwas so wichtig wie ein eigenes Zimmer. Eine Intimsphäre, die nicht permanent gestört wird. Einen Freiraum, in dem nur das eigene Gesetz herrscht.

Wo sonst kann man Musik so ganz nach eigenem Geschmack hören, intime Gespräche mit Freunden führen, in tiefe Gedanken versinken, von der großen Liebe traumen, schwerelos davonschweben oder auch nur ungestört lernen?

Glücklicherweise kennen und verstehen diese Sehnsüchte auch die meisten Eltern, und sei es nur deshalb, weil sie ab und zu auch mal Ruhe von euch brauchen. Nur manchmal mangelt es an der Einsicht, möglicherweise schlicht am Platz. In unserer automobilen Gesellschaft wird Kindern und Jugendlichen weit weniger Platz zuteil als jedem x-beliebigen Mittelklassewagen.

Mit etwas Fantasie lässt sich auch bei Raummangel eine (Not-)Lösung finden. Mit Schränken und dünnen Holzplatten werden aus einem Zimmer im Handumdrehen ZWEI private Bereiche.

Gute Vorbereitung vor der Verhandlung mit deinen Eltern ist das A und O. Stell dazu eine Liste mit allen Argumenten zusammen, die für ein eigenes Zimmer sprechen. Mach kreative Vorschläge und bring akzeptable Alternativen, wenn du erfolgreich sein möchtest.

Zyklus

Der Zyklus, d. h. der Zeitraum zwischen zwei ➜ **Perioden**, beträgt in der Regel um die 28 Tage, kann aber auch deutlich länger oder kürzer sein. Zu Beginn des Zyklus reift eine der vielen tausend Eizellen im weiblichen Eierstock. Gleichzeitig startet sie ihre Wanderung zur Oberfläche des Eierstocks. In den kommenden Tagen bereitet sich die Gebärmutter auf eine mögliche Schwangerschaft vor. Sie wächst etwas und lagert mehr Blut ein. In der Mitte des Zyklus, also nach rund 2 Wochen, ist das Ei reif. Zu diesem Zeitpunkt verlässt es den Eierstock, um durch den Eileiter in Richtung Gebärmutter zu wandern. Ungefähr am 21. Tag kommt es dort an und die Schleimhaut auf der Gebärmutter hat in der Zwischenzeit die fünffache Dicke erreicht. Jetzt kann das Ei befruchtet werden. Wenn es nicht befruchtet wird, löst es sich auf. Dies ist das Zeichen für den Körper, die Gebärmutterschleimhaut abzustoßen. Nun kommt es zur Monatsblutung, wobei Blut, Zellgewebe und Gebärmutterflüssigkeit abgehen. Ein neuer Zyklus beginnt ...

Jeder dieser Vorgänge wird durch die Ausschüttung bestimmter ➜ **Hormone** gesteuert.

Die Autoren

Gerit Kopietz und Jörg Sommer haben es geschafft: Sie überlebten ihre Teenagerjahre zwar mit zahlreichen Katastrophen, jedoch ohne allzu große bleibende Schäden.
Dafür konzentrieren sie sich heute darauf, jungen Menschen das Überleben der Teenagerjahre so frustarm und lustvoll wie möglich zu gestalten.
Ihre Jugendbücher und Ratgeber haben ihnen eine immer größer werdende Lesergemeinde beschert.
Auch der vorliegende Band ist ein typisches Buch der beiden Erfolgsautoren: witzige Sprache, knallharte Facts und kein Reden um den heißen Brei – der ultimative Überlebenshelfer für die härtesten Jahre des Lebens ...
Wenn du Fragen, Kritik, Tipps oder Anregungen hast, kannst du den beiden auch eine E-Mail schicken:

post@kopietz-sommer.com

Die Antwort erfolgt umgehend – versprochen!